송홍만 제19시집
그렇게 그렇게 이렇게 이렇게

국립중앙도서관 출판시도서목록(CIP)

그렇게 그렇게 이렇게 이렇게 : 송홍만 제19시집 / 지은이: 송홍
만. -- 서울 : 한누리미디어, 2015
  p. ;   cm

권말부록: 하나님의 나라와 하늘나라
ISBN  978-89-7969-703-2 03810 : ₩10000

한국 현대시[韓國現代詩]

811.7-KDC6
895.715-DDC23                          CIP2015032055

송홍만 제19시집

# 그렇게 그렇게
# 이렇게 이렇게

한누리미디어

책 머리에

광교산 오르내리며 다진 몸은 늙어가나
마음은 더 젊어지고 있도다

별과 같이 반짝이는 수많은 말씀 바라보니
다가오는 말씀을 무딘 솜씨로 그려 보았습니다

모쪼록 넓은 아량으로 보아주시기를 바라며
부록 '하나님의 나라와 하늘나라' 는
관련되는 성경말씀이 참고가 되기를 소원합니다

목사님은 분에 넘치는 격려를 하여 주시며
같은 시대에 살고 있어 자랑스럽다고 하시는 극찬에
세 살짜리 어린아이가 되어 마음껏 기쁩니다.

아름다운 디자인으로 책을 펴내주신
한누리미디어 김재엽 사장님, 감사합니다.

2015. 11. 22

송 홍 만 올림

그렇게 그렇게 이렇게 이렇게

송홍만 시인의 제 19시집 《그렇게 그렇게 이렇게 이렇게》가 출간된다.

그의 시집을 읽다 보면 웃음도 나오고, 눈물도 나오고, 의욕도 생기고, 회개도 터진다. 글의 소재가 너무나 넓어 지루하지가 않다. 인생, 자연, 역사, 과학, 종교 등 시인의 박학다식에 절로 고개가 숙여진다. 그의 영혼은 산처럼 높고 바다처럼 깊다.

예수님의 제자 중에 베드로가 있다. 그는 갈릴리 바닷가에서 물고기를 잡던 어부였다. 그런데 그가 예수님을 만나고 나서 전혀 다른 사람이 되었다. 처음 주님을 만났을 때 "시몬아 너는 장차 사람을 낚는 어부가 되리라"라고 축복하여 주셨다. 주님의 말씀대로 그는 영혼을 사로잡는 자, 영혼을 구원하는 대사도가 되었다. 그가 그렇게 될 수 있었던 것은 '재능'이 아니라 하늘로부터 오는 지혜인 '권능'을 받았기 때문이다.

그가 기록한 베드로 서신을 보면 깜짝 놀랄만한 말씀들이 들어있다. 예를 들면 "모든 육체는 풀과 같고, 그 모든 영광은 풀의 꽃과 같다", "나그네와 행인 같은 人生", "육체의 고난을 받는 자는 죄를 그치게 되어 후로는 사람의 정욕을 따르지 않고 하나님의 뜻을 따라 살게 된다"는 등등의 깊은 영적 교훈은 인간의 것이 아니다. 더군다나 어부에게서 나온 것이 아니다.

　송홍만 시인도 깊이 기도하고, 깊이 말씀을 묵상하는 중에 하나님께서 영적인 지혜를 부어주셨음이 분명하다. 송홍만 시인은 물론 신학자도 아니고, 목회자도 아니지만 그의 글을 읽으면 삶의 가닥도 잡히게 되고, 회개도 터지게 되고, 삶의 의욕도 생기게 된다.

　주의 말씀이 공허, 흑암, 혼돈상태를 충만, 광명, 질서로 바꾸듯이 많은 영혼들에게 윤택한 양식이 되리라고 생각된다.

　한 시대에 함께 호흡할 수 있고, 더욱이 가까이 수원제일교회 성도로 살게 됨을 언제나 자랑스럽게 여기고 있다.

　할렐루야!

2015. 11. 22

수원제일감리교회 담임목사 **이 정 찬**

# 차례 Contents

# 1부
## 작지만 지혜로운 것

# 2부
## 천사의 나팔

# 3부
## 그렇게 그렇게 이렇게 이렇게

# 4부
## 죽어가고 있던
## 한 덩이 흙

# 차례 Contents

## 5부
## 사람을 더럽게 하는 것

## 6부
## 나의 미련함

# 7부

## 경건의 비밀

# 8부

## 보시기에 심히 좋았더라

15

# 차례 Contents

# 9부
## 다르다와 틀리다

# 10부
## 솔로몬의 성전봉헌 기도

제 **1** 부

작지만
지혜로운 것

# 작지만 지혜로운 것


우리가 살고 있는 세상에서는
크고 힘이 센 것만이 잘 살아가는 줄 알았는데
몸이 작고 연약하여도
지혜롭게 잘 살아가는 것 넷이 있다

힘이 없으되 먹을 것을 준비하는 개미
악한 성품이로되 집을 바위 사이에 짓는 사반
임금이 없으되 떼지어 나아가는 메뚜기
손에 잡힐 듯하여도 삼엄한 왕궁에 사는 도마뱀

개미는 일할 수 없는 겨울이 온다는 것을 알고
여름에 먹을 것을 준비한다
우리도 심판의 종말이 올 것을 깨닫고
얼마 남지 아니 한 날을 말씀 순종하자

사반은 자기의 악한 성품과 연약함을 알고
바위 사이에 집을 짓고 숨어 산다
우리도 본질이 헛되고 허무함을 깨닫고
다윗과 같이 믿음을 받침대 삼아 살아가자

메뚜기는 혼자만으로는 약함을 알고

| 송홍만 제19시집

지나간 뒤에 남는 자 없도록 떼를 짓는다
우리도 함께하면 못할 일 없음을 깨닫고
서로 사랑하며 믿음의 생활을 하자

도마뱀은 지체보다는 몸통이 중요함을 알고
잡힐 듯하면 손끝에 꼬리를 버리고 도망한다
우리도 죄에 빠질 때 영생이 중요함을 깨닫고
지체를 아낌없이 버리자

(2014. 10. 31)

*수원제일감리교회 여선교회연합속회에서 이정찬 담임목사의 '작지만 지혜로운 것' (잠
언 30:21~28) 설교 말씀을 듣고

19

# 고장난 자동차

자동차로 산속 외진 길을 지나다가
차가 고장이 나서 여기저기 살펴보고
시동을 걸어도 아니 걸려 걱정이 되었다

자동차를 멈추고 다가와 도와주겠다 하기에
신사복을 입은 애송이 모습에 기가 막혀
노련한 자동차 수리공은 보고만 있었다

그 신사는 작업복으로 갈아입고 와서 살펴보더니
시동을 걸어보라 하여 기대 없이 걸었더니
자동차가 시동이 걸려 깜짝 놀랐다

알고 보니 그분은 헨리 포드
바로 고장난 자동차를 설계하여 만든 분이다
누가 그 자동차에 대하여 더 잘 알겠는가

우리도 몸과 마음에 고장이 나기도 하는데
설계하여 만드신 하나님께 요청만 하면
달려오셔서 원래의 모습대로 돌아오게 하여 주신다.

(2014. 11. 3)

20

*꿈의 교회 김학중 목사 방송설교를 들으며
*헨리 포드(Henry Ford)는 1908년 미국 미시간주에 포드자동차회사를 세웠다.

# 야외예배(野外禮拜)

아브라함 선교회 야외예배를
시화호조력발전소(始華湖潮力發電所) 공원에서
노부부들이 올렸다

"주 하나님 지으신 모든 세계
내 마음 속에 그리어 볼 때"
감사로 눈물 흘리며 찬양하였다

"너희 말이 내 귀에 들린 대로
내가 너희에게 행하리니"[1]

참으로 명심해야 할 무서운 말씀이로다

조력발전소(潮力發電所)
달의 인력으로 생기는 바닷물의 높이 차이로
물이 흐르는 힘을 이용하여 전기를 만든다

하나님의 작은 광명체 달을 지으신 것이
세상에 교회를 주신 것의 예표임이 분명하구나
교회의 지체인 나도 믿고 능력 받아 빛을 내리라

영흥도화력발전소(靈興島火力發電所)
언젠가는 심령의 부흥이 일어날 섬이라 생각했는데[2]
석탄을 태워 수증기의 힘으로 전기를 만드는 발전소가 생겼구나

성령의 뜨거운 불로 빛을 내어주니
이는 분명 하나님의 능력이라
성령의 불을 받아 심령에 불을 켠다

고삐 풀린 망아지와 같이 산과 들로 뛰어다니며
태어난 금수강산에 숨쉬고 있는 조상들의 지혜
오늘도 고운 단풍잎 한 장 간직하니 즐겁도다

(2014. 11. 11)

1) 민수기 14장 28절
2) 영흥도(靈興島) 지명을 뜻으로 풀이하여 본 것

# 성(姓)을 잘못 부른 실수

아브라함 선교회 부부동반 야외예배를 드리러 가려고
버스에 앉아 올라오는 분들에게 인사를 하였다

여자 권사님의 성(姓)을 잘못 부른 실수를 하여
버스에서 내리자 바로 사과를 했다

어려서부터 성명을 기억하는 나름대로의 비법이 있어
사회생활에 도움이 되었음을 늘 감사하며 살아왔다

성은 생각나는데 이름이 생각나지 않거나
이름은 생각나는데 성이 생각나지 않거나
아예 성과 이름이 생각나지 않는 경우는 있었으나
성을 잘못 기억한 경우는 이번이 처음이다

부부 두 분이 나란히 서서
남편 권사님이 미국식으로 불러주어 고맙다며
재치 있게 받아주어 참 고마웠다

나들이를 마치고 헤어지며 인사를 하는데
여자 권사님이 기억해 주셔서 영광이라며
공손히 인사를 한다

부창부수(夫唱婦隨)
남편은 부르고 아내는 따르니
저녁노을과 같이 아름다운 모습이어라

(2014. 11. 11)

*아브라함선교회는 수원제일감리교회 안에 있는 남자들의 선교회
*두 분 권사님은 수원제일감리교회 최돈각(崔燉珏)과 김복순(金福順)

# 구원은 자격시험 합격

우리를 좋게 지으시고 그대로 살아가기를 바라시는 마음
아들딸 기르며 잘 되기를 바라는
우리네 마음에 어찌 비하랴

지으시며 바라시던 바를 벗어난 우리를
제자리로 되돌려주심에 어찌 시험이 없으랴
구원은 자격시험에 합격하는 것이다

뽑을 인원이 정하여진 임용시험 아니오
자격이 되기만 하면 합격하는 자격시험이라
다른 사람은 경쟁자가 아니요 응시자일 뿐이다

경쟁자는 등수 안에 들어야만 상을 타고
싸움터에서의 병사는 이겨야만 사나
우리는 자격만 인정되면 구원을 받는다

창조이래 구름같이 모여든 가득한 사람들
그들로 기죽을 일 없구나
자격시험이라니 용기가 생기도다

(2014. 11. 14)

*고린도전서 제 9장과 10장을 읽으며

# 그 아홉은 어디 있느냐

예수님께서
"열 사람이 다 깨끗함을 받지 아니 하였느냐
그 아홉은 어디 있느냐"

그 아홉은 여기 있나이다
바로 지금 내 마음 속에서
기어 나오고 있나이다

내 병이 우연히 나은 거라 생각한 녀석
내 운이 좋아 나은 거라던 녀석
병만 고쳐주면 뭘 해 살 길이 막막하다던 녀석

선택된 유대민족이라 나은 거라던 녀석
조상님들이 율법을 지킨 덕분이라던 녀석
직분을 가지고 봉사를 얼마나 했는데 하던 녀석

성경말씀을 얼마나 많이 알고 있는데 하던 녀석
남들은 멀쩡한데 왜 나만 병을 내려준 거야 하던 녀석
병 주고 약 주지 말라던 녀석

그 아홉 명이 다 내 한 몸의 모습

나의 참 모습 깨닫게 하여 주심
감사할 일만 떠오릅니다

(2014. 11. 16)

*수원제일감리교회 이정찬 담임목사님의 '아홉은 어디 있느냐' (누가복음 17:11~19) 설
 교를 듣고

그렇게 그렇게 이렇게 이렇게

# 굴의 믿음

바다향기 그윽한 고향 길 걷다가
굴 따는 여인의 손놀림을 본다

큰 바위에 붙어있는 굴을
재빠르게 쪼아 순식간에 그릇에 담는다

개펄 멀리 바닷물이 들어오고
갈매기 떼지어 이리저리 날고 있다

굴은 어떻게 저 거센 파도를 견디었으며
새들의 날카로운 입부리를 피하였을까

검은 바위에 찰싹 붙어 있는 굴
거의 바위가 되어 입을 굳게 다물고 있다

이 큰 바위가 의지할 만함을 알고
마음 놓고 찰싹 붙어있는 굴의 믿음

우리 님 의지할 만하신 분임을 알고
굴과 같이 찰싹 붙어 살아가노라

(2014. 11. 21)

# 인도하시는 이는 성령 하나님

아침을 먹으려고 주방에 내려오니 아내가
'아이구 참, 내가 바보짓을 했어' 하여
'나보다 치밀한 사람이 무슨 말이야' 했다

해마다 연말이면 쓰레기 아저씨들에게
작은 선물을 이른 아침에 전하곤 했는데
며칠 전에 나에게 전하라 하였다

이른 새벽 기다리다가 지나가 버리곤 하다가
어제 새벽에 드디어 선물 꾸러미를 들고 나갔더니
아내가 따라나와 이 차는 폐품 수집하는 차라 한다

29

순간 나도 모르게 선물을 뒤로 감추다가
어린 외손녀 손자들의 밝은 얼굴이 떠올라
부끄러워 몸둘 바를 몰랐다

오늘 아내가 쓰레기차 소리를 듣고 나가서 선물을 주고
자동차의 뒷부분을 보니 폐품 수집하는 차라 다시
쓰레기 아저씨에게 달걀 한 판씩을 주게 되어 분하단다

아니야 잘한 것이야

우리의 계획이 치밀했지만 공평치는 않았어
이제 마음이 편하고 어린 손녀손자에게 부끄럽지도 않아

(2014. 12. 9)

* "사람이 마음으로 자기의 길을 계획할지라도 그의 걸음을 인도하시는 이는 여호와시니
라" (잠언 16:9)

▲ 외손녀 임연희

# 피사리하시던 부모님의 모습

성경에 나오는 가라지 비유를 읽으면
피사리하시던 부모님의 모습 완연하다

어른들 뒤 따라 논둑에서 놀다가
못자리에서 피사리하시는 어머니 곁으로 다가가
일러주시는 대로 어린 벼들 사이의 피를 뽑았다

조금 자라 학교 갔다 오자마자 논으로 달려가
누렇게 익어가는 벼 사이에 우뚝 자란 피 이삭을 뽑았다
놔두면 씨가 떨어져 내년에 다시 나기 때문이라 하신다

아예 뿌리까지 뽑아 없애야지 하며
힘을 다해 뽑고 보니 벼 포기까지 뽑혔다
그래서 아버지 하시는 대로 피 이삭을 뽑았다

"주인이 이르되 가만두라
가라지를 뽑다가 곡식까지 뽑을까 염려하노라"

오늘은 부모님 모습 더욱 그립다
그때 아버지 어머니는
이 말씀 일러주신 것이었구나                    (2014. 12. 11)

# 생명력이 있는 믿음

"믿음이 겨자씨 한 알만큼만 있어도
이 산을 명하여 여기서 저기로 옮겨지라 하면
옮겨질 것이요"

등산을 하다 종종 볼 수 있다
큰 바위 갈라진 틈에
사방으로 가지를 펼치고 자라는 무성한 소나무

부근을 자세히 둘러보면
바위에 얹힌 한 줌 흙에 껍질 뒤집어쓰고
가벼운 바람 타고 산들거리는 어린 소나무가 있다

솔방울에 씨가 여물면 날개 펴 바람 타고
어쩌다가 바위 위에 떨어져도 마다 않고
바늘 같은 뿌리로 틈에 끼어들어 자랐으리라

스며든 물이 추위에 얼면 틈은 넓어지고
뿌리는 굵어져 가지가 하나둘 퍼지어
큰 바위가 저렇게 갈라졌으리라

32

작은 솔씨 한 알이 살아있기에

딱딱한 바위에서도 무럭무럭 자라
마침내는 그 큰 바위를 갈라놓았구나

생명력이 있는 믿음이 아무리 작아도
천지만물을 지으신 전능하신 분을 믿음인데
어찌 산을 옮기지 못하랴.

(2014. 12. 14)


*마태복음 17:19~20을 읽으며

# 제2부

## 천사의 나팔

# 천사의 나팔

몇 해 전부터 아내가 길러 꽃을 보던
'천사의 나팔' (angel trumpet)[1]
며칠 전에 방으로 들여놓았다

이른 새벽 숙지산 기슭 채소밭 귀퉁이에
가지나무에 가지는 보이지 않고
긴 꽃송이만 달려 있다

'할머니 이게 뭐예요' 하니,
"독말풀(datura)이라 하던가" 일러주어
이것이 십여 년 전에 첫 만남이었다

이 만남을 눈치 챈 아내는
엷은 노란색 꽃을 비료를 주고
지성껏 물을 주어 가꾸었다

꽃송이가 하늘을 향하지 않고
땅을 향하여 나팔 모양으로 피어
천사의 나팔이라 부르나 보다

이제 방안을 차지하더니

| 송홍만 제19시집

하루가 다르게
볼 때마다 향긋하게 웃어준다

"그가 큰 나팔 소리와 함께 천사들을 보내리니
그들이 그의 택하신 자들을
하늘 이 끝에서 저 끝까지 사방에서 모으리라"[2]

오늘 새벽 이 말씀을 읽은지라
다가가 자세히 귀를 기울여 본다
그때에 들려올 천사들의 나팔소리를

(2014. 12. 20)

37

1) 천사의 나팔은 가지과에 속하는 식물로 남아메리카에서 귀화하였다.
2) 마태복음 24:31 말씀

# 백년해로의 아름다움

'님아, 그 강을 건너지 마오' 영화를 보고
작은 여울이 흐르는 횡성 어느 아담한 산골 마을
평생을 연애하듯 일흔 여섯 해를 살아온
조병만(98세) 할아버지와 강계열(89세) 할머니

소년처럼 장난치기를 좋아하지만
할머니를 위해서라면 하늘의 별이라도
따주겠다는 백발의 순정남(純情男) 할아버지

고운 얼굴 애교 넘치는 말투로
할아버지 잘 잡수시면 환하게 웃는
일편단심 순애보의 순정녀(純情女) 할머니

수북하게 쌓인 낙엽 쓸던 할아버지
한줌 안고 달려가 뿌리면
약이 올라 따라다니는 할머니

길가에 노란 들국화 한 다발 꺾어 들고 와
서로 머리에 꽂아 주는 애틋한 모습
하늘 아래 보기 힘든 아름다움이어라

38

눈이 오면 눈싸움하다가 눈사람 만들고
새해 첫눈 먹으면 눈도 귀도 밝아진다며
서로 눈을 먹여주며 부끄러워하는 모습

어둔 밤 화장실 같이 가자며 할아버지 잠 깨우면
겁 많은 할머니 위해 구성진 노래 불러주고
일 다 보고 나와 서 있는 할아버지 품에 안기는 모습

'임이여 물을 건너지 마오 나의 임이여 물을 건너다가
물에 빠져 죽는다면 나는 어쩌란 말이요'
백년해로(百年偕老)의 아름다움이여

                    (2014. 12. 22)

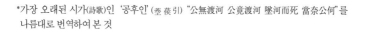

39

*가장 오래된 시가(詩歌)인 '공후인'(箜 篌 引) "公無渡河 公竟渡河 墜河而死 當奈公何"를
 나름대로 번역하여 본 것

# 사랑하면 숨은 병 사라진다

온몸에 암송이가 퍼진 줄도 모르는 어린 것이
'엄마 사랑해요' 자주 하더니
엄마도 의사도 모르는 사이에 온몸이 깨끗해졌단다

기뻐하면 웃게 되고
기도하면 편해지고
감사하면 즐거워짐 알고 있다

음식을 먹으며 맛있다 하면
만드신 분 얼굴 환해지고
내 입안에 침이 가득해짐 안다

온몸에 퍼진 암을 모르는 어린 아이가
'엄마 사랑해요' 인사처럼 하더니
엄마도 의사도 모르게 그 암이 사라졌단다

사랑한다는 말에 생명력이 있어
전지전능하다는 것 듣기는 했어도
이처럼 밝게 알지는 못하고 있었다

"너희가 거저 받았으니 거저 주라" [1]

거저 받은 사랑으로 거저 사랑하니
숨은 병까지 사라지는 복된 말씀이로다

(2014. 12. 24)


*KBS 1 TV '아침마당' 프로에서 배민경 어머니의 이야기를 듣고
1) 마태복음 10:8 말씀 중

# 자랑스러운 가장
— 영화 '국제시장'의 덕수 이야기

흥남 철수 그 아수라장 속에서 여동생 말순이의 손을 잡고
이리 저리 밀리다가 여섯 살 말순의 저고리 소매만 잡고 있자
아버지는 어린 딸을 찾아 나서며
"덕수야 내가 없으면 너는 우리 집의 가장(家長)이니
가족을 위해 열심히 일해야 한다" 당부하신다

어린 덕수는 어머니, 승규, 끝순 네 식구의 가장이 되어
하고 싶은 것, 되고 싶은 것 날려 버리고
힘든 일, 슬픈 일 속에서도 괜찮아 하며 웃고
모든 일 다행이라며 눈물 감추고
죽을 고비 몇 번이고 넘길 수 있었던 건
사랑하는 가족이 있었기 때문이라며
이 전란 다음 세대가 당하지 않고
우리가 당하길 잘했다며 살아온 충효와 사랑의 가장

역경 속에 서울대 합격한 승규의 학비
끝순이 혼수비용을 마련하기 위하여
독일 광산 막장, 포화 속에 월남으로 뛰었다

아버지와 말순이를 이산가족 찾기 신청을 하니
멀리 미국에서 이름, 부모, 형제, 태어난 곳

다 모르는 말순이를 확인하고 기뻐하는 가장

"아버지 이만하면 잘 살았지요 그런데 진짜 힘들었어요
만나 뵙기 어려울 듯하니 편히 쉬세요 뒤따라가 뵙겠어요
그래도 찾아오시기 쉽게 고모네 가게를 샀어요."
효성이 지극한 자랑스러운 우리의 가장

그 굳세었던 장남 덕수와 효성스러운 장녀 영자
사랑하는 아들 손자 손녀 다 여행 떠나고
바닷가 긴 의자에 단둘이 앉아 지난날을 회상하며
"거짓말도 듣고 보니 좋구먼!"
주고 받는 할아버지 할머니의 수줍어 웃는 모습 아름다워라

(2014. 12. 29)

# 말씀에 취한 야생마

부모님의 곁을 떠나 가벼운 보따리 들고
돌문이 말랭이 올라서니 흰 구름만 보였다

하루 벌어 하루 살아야 하는데
비 오는 날은 눈물만 흘렀다

마음이 굳혀진 곳에 길이 보이고
온갖 정성과 힘을 다하니 이루어졌다

아내를 맞고 살림살이 아들 딸이
하나씩 늘어나 더욱 열심히 일했다

정년퇴직을 하고 나니 아쉬움이 터져
가고 싶은 곳, 하고 싶은 것 마음껏 즐겼다

'우리 문화 바로 보기' 따라 사적지로
등산모임으로 전국의 산과 들 쏘다녔다

문단에 등단하여 시 낭송으로
손수 자동차운전하며 전국을 누볐다

뇌경색(腦硬塞)으로 보행이 불편하자
차분히 성경을 읽다가 문리(文理)가 터졌다

산, 바다, 들, 절터, 궁성 터, 갈팡질팡 쏘다니던
야생마(野生馬)가 말씀에 취하여 밤과 낮이 없구나

(2015. 1. 5)

# 그림같이 아름다운 이야기

무리들이 몰려와 말씀을 들을 때
예수께서 게네사렛 호숫가에 서서
배 두 척에서 나와 그물을 씻는 어부들을 본다

시몬의 배에 올라 육지에서 조금 떼게 청하시고
앉아 무리를 가르치시기를 마치시고
시몬에게 깊은 데로 가서 그물을 내려 고기를 잡으라 하신다

시몬이 대답한다
선생님 우리들이 밤이 새도록 수고하였으되 잡은 것 없지마는
말씀에 의지하여 그물을 내리리다

그렇게 하니 잡은 고기가 심히 많아 그물이 찢어지는 지라
다른 배에 있는 야고보와 요한에게 손짓하여
도와달라 하여 그들이 와서 두 배가 잠기게 되었도다

시몬 베드로가 이를 보고
예수님의 무릎 아래 엎드려 말한다
주여! 나는 죄인이로소이다

46

베드로와 함께 있는 모든 사람이

잡힌 고기를 보고 놀라고
동업자 야고보와 요한도 놀랐음이라

예수께서 시몬에게 무서워하지 말라
이제 후로는 사람을 사로잡으리라 하시니
그들이 배와 모든 것을 버리고 따르니라

노련한 어부 베드로의 순종은 믿음이요
야고보와 요한과의 협조는 사랑의 근원
죄인임을 깨달은 것은 제자의 시작이로다

(2015. 1. 16)

*누가복음 5:1~11 말씀을 읽으며

# 한 여자의 아름다운 모습

예수님의 뒤로 그의 발 밑에 서서
울며 눈물로 그의 발을 적시고
자기 머리털로 닦고
그의 발에 입 맞추고
향유를 부으니

겸손, 회개, 헌신, 사랑, 헌금
혼연일체가 된 아름다운 모습

다시 태어난들 내 어찌
이런 모습으로 임을 대하랴

희어진 머리에
얼굴일랑 매일 단장해야지

말씀의 분을 바르고
순종의 연지를 찍자

(2015. 1. 17)

*누가복음 7:38 말씀을 읽으며

| 송홍만 제19시집

# 김봉곤 예절학교

김봉곤 훈장댁 예절학교 체험특집 '유자식 상팔자(有子息 上八字)'
유건(儒巾) 쓰고 수염 기른 젊은 훈장님
"아버지 나를 낳으시고 어머니 나를 기르시니 애닯다 부모님이시여
나를 낳아 기르시느라고 애쓰시고 수고하심
그 은혜를 갚고자 하나 넓은 하늘같아 끝이 없네."

"예(禮)가 아니면 보지 말고, 예가 아니면 듣지 말고,
예가 아니면 말하지 말고, 예가 아니면 따르지도 말라."

훈장님은 잘못한 학생과 함께 방에서 나와
그 잘못에 합당한 벌을 궁리하며 함께 걷는다

서있는 돌탑에 돌 하나가 부스러져 있다면
비록 한 개지만 바꾸지 아니 하면 탑은 무너진다
너희가 바로 탑이다 너희 마음 속에 한 덩이 마음이
잘못하였는데 바꾸지 아니 하면 너는 무너지고 만다
그래서 그 마음을 벌 주어 바르게 바꿔 주어야 너희가 선다

너희는 세상 만물 중에 가장 귀한 사람으로 태어났다
무너져서는 아니 된다 가정이, 사회가, 나라가 쓰러진다

49

그렇게 그렇게 이렇게 이렇게

조교의 뒤를 따라 삽과 괭이로 언 땅을 파보나 어림없다
뒤 따라오신 훈장님 포크레인으로 언 땅을 파 엎으니
팔뚝만한 연뿌리가 걸치고 끊어지며 나온다

이것이 연근인데 진흙의 오물을 정화시켜 연꽃이 핀다
이것을 먹으면 우리 몸의 나쁜 것을 깨끗하게 하여 준다
자연의 이치가 바로 이것이며 사람의 이치가 바로 예(禮)이다

너희는 어디서든지 연근과 같이 주변을 깨끗하게 하라
이것이 우리가 학문을 배우는 이유이며 마땅히 할 일이란다

(2015. 1. 21)

# 폐업신고를 하고

뇌경색(腦硬塞)으로 휴업을 한 지 네 해가 지나서
법무사 폐업신고를 하고 돌아왔다

종신 직업이라며 살림살이 마음을 놓았는데
어찌 아니 서운하련만 마음은 가볍구나

"늙었다 물러가자 마음과 의논하니
이 님을 버리고서 어디로 가자는고
마음아 너는 있거라 몸만 물러가리라" [1]

"나비야 청산 가자 범나비 너도 가자
가다가 저물거든 꽃에서 자고 가자
꽃에서 푸대접하면 잎에서나 자리라" [2]

배우는 대로 외웠던 시조(時調)가
일흔여덟 살에도 술술 흘러나온다

감사한 일만 떠오르는 지나간 세월
말씀에 취한 야생마(野生馬) 꿈을 꾸는 듯하네

(2015. 1. 22)

1) 지은이 송순(宋純, 1493~1583, 성종 24~선조 16) : 호는 면앙정(俛 仰亭), 또는 기촌(企
村) 77세 때 벼슬을 물러나며 지은 시조
2) 작자 미상

# 베드로의 통곡

예루살렘 성 대제사장의 집 4월 이른 새벽
한가운데 불을 피우고 사람들이 모여 앉아 있다

제사장, 성전 경비대원, 장로들이
예수를 잡아끌고 집 안으로 들어간다

베드로는 멀찍이 따라가
사람들 가운데 앉는다

한 여종 "이 사람도 그와 함께 있었느니라"
베드로 "여자여 내가 그를 알지 못하노라"

다른 사람 "너도 그 도당이다"
베드로 "이 사람아 나는 아니로다"

또 다른 사람 "이는 갈릴리 사람이니 참으로 그와 함께 있었노라"
베드로 "이 사람아 나는 네가 하는 말을 알지 못하노라"

아직 말하고 있을 때
닭이 울더라

52

주께서 돌이켜 베드로를 보시니,
오늘 닭이 울기 전에 네가 세 번 나를 부인하리라 하신 말씀,
내가 주와 함께 죽을지언정 주를 부인하지 않겠나이다 한 말,
고통 속에서도 부인하는 제자를 돌아보시는 사랑의 시선,
소리쳐 통곡하고야 말았도다

나의 지나간 삶 속에서
주님은 얼마나 많이 돌아보셨을까
통곡 한 번 하여 보지도 못하였구나

(2015. 2. 12)

*누가복음 22: 54~62 말씀을 읽으며

# 제3부
## 그렇게 그렇게
## 이렇게 이렇게

▲ 외손자 윤지혁과 윤지욱

| 송홍만 제19시집

# 그렇게 그렇게 이렇게 이렇게

외할머니 차려준 밥상 앞에
외손자가 두 손 모아 기도한다

"하나님,
그렇게, 그렇게,
이렇게, 이렇게,
감사합니다. 아멘."

기특함에 잠긴 외할아버지에게
외할머니 '또 시 한 수 떠올랐소'

유치원 다니는 외손자의 기도에
밤새도록 덧옷을 입혔다

57

'하나님,
하늘에서 그렇게, 그렇게 하심
땅에서도 이렇게, 이렇게 하셔
감사합니다. 아멘.'

(2015. 3. 8)

*외손자는 윤지혁(尹志奕, 2011. 12. 18)이고, 올해 어린이 집 원장 선생님의 '호기심 상'
  을 받고, 유치원에 입학하였음.

# 생수의 강

음식이나 마음을 잘못 먹으면
배부터 아프다

토하거나 설사를 하고
시기 질투가 흐른다

사촌이 땅을 사면
배가 아프다

뱃심이 있어야 세상을 이기나
결국은 헛된 뱃심으로 패배한다

예민하고 정직하며 힘을 내는 배
그 안에 생수의 강 흐르게 하여 주심

그 깊으신 뜻을 재빠르게 깨달으라고
생수의 강이 흐르게 하셨음 감사합니다

이제는 생명의 강이 흘러
참된 뱃심으로 넉넉히 이기리라

(2015. 3. 22)

*수원제일감리교회 이정찬 담임목사님의 '생수의 강' (요한복음 7:37~39) 설교를 듣고

# 꿈속에 들은 설교

속초 시내 한 교회에 들어가
요행히 자리를 잡고 앉았다
대청봉에서 기도하고 내려온 듯
근엄하신 백발 목사님의 설교가 시작되었다

하나님의 말씀으로 들으라
설교자가 전하는 하나님의 말씀을
각자에게 주시는 말씀으로 받아
삶의 방향을 바로잡으라는 뜻이구나

사람의 장점만을 보라
누구나 온전한 사람은 하나도 없느니라
데살로니가 교회나 교인도 또한 온전하지 않으나
바울은 그들의 장점만을 보며 감사했겠지

별안간 여기저기 외치는 "아멘!" 소리에
목사님의 목소리가 들리지 않아 분통이 터졌다

예배가 끝나 교인들 사이에 끼어 간신히 나와
지팡이를 놓쳐 넘어지는 바람에 잠이 깼다

59

숙소로 돌아와 말씀을 찾아보았다
"우리가 하나님께 끊임없이 감사함은
너희가 우리에게 들은 바 하나님의 말씀을 받을 때에
사람의 말로 받지 아니 하고
하나님의 말씀으로 받음이니 진실로 그러하도다
이 말씀이 또한 너희 믿는 자 가운데서 역사하느니라" (살전 2:13)

전문분야의 강의를 듣듯이 설교를 메모하며 들었고,
교회나 교인의 장점을 보지 않은 잘못을 깨달았도다
기도하면 항상 깨닫게 하여 주시는 고마우신 성령님
동해바다 멀리 동터옴 앞세워 일러주시니 감사합니다

(2015. 3. 25)

# 내 마음 두렵지 않네

내 마음은 내 생명의 중심
생각 욕구 결단 근심 슬픔
그리고 사랑이 깃든 보금자리

내 마음 돌이켜 하나님을 향하니
내 마음 보살펴 주시고
예수님 밝은 얼굴 떠오르네

성부님 연약한 마음 강하게 하시고
성자님 내 마음 안에 함께 하시고
성령님 편안하게 일러주시네

내 마음 씻김 받고
내 마음 말씀 담아
내 마음 순종하리

굽은 길 바르게 보며
어둔 밤 환하게 보며
나의 맘 두렵지 않네

(2015. 4. 3)

*요한복음 14:27 말씀을 읽으며

그렇게 그렇게 이렇게 이렇게

# 나 혼자만의 즐거움일지라도

보이는 것, 들리는 것 속
임의 손길 완연함 감사하노라

전파 따라 떠돌아다니는
영상과 소리에 빠져 있는 세상

세상이 나를 미워함이
내게는 가장 감사할 뿐

내가 세상을 미워하지 아니 함은
내 안에 계신 님의 일러주심이라

내가 아는 것을 말 아니 하지 못함도
내 안에 계신 님의 가르쳐 주심이라

우리의 몸을 입고 오신 님
뵙고, 듣고, 배운 사도 요한의 편지

읽고 되새겨 그리움에 젖으니
기쁘고 즐거움에 새벽이 열린다

나 혼자만의 즐거움일지라도
감사하며 기뻐하며 찬양하노라

(2015. 4. 8)

*요한 일서를 읽으며

# 거짓말 권하는 가족

거짓말이 판을 치는 세상에
심청이의 효성이라도 들을까 하는데
육십에 치매 앓는 아버지를 위하여
어머니와 딸들이 나섰단다

병원에 가기 싫어하는 아버지에게
"아버지, 우리도 모르게 세운 병원
한 번 둘러보러 가서야죠"
선뜻 나서며 즐거워하신다

체온 재는 것을 싫어하시는 아버지에게
간호사로 변장한 다른 딸이
"회장님, 이 좋은 병원을 세워 주서
제가 간호사로 취직이 되어 고맙습니다"

입원치료를 거부하시는 아버지에게
"이렇게 좋은 병원에 의사, 간호사들
일하는 것 이 방에 누워 살펴 보서야죠"
그래야지 하시며 즐거워하신다

어머니와 세 자매의 거짓말 속에

지극한 정성과 사랑이 들어있어
짧지만은 고통을 모르시고
기뻐 웃으시며 조용히 가셨대요

(2015. 4. 8)


*KBS 1 TV '아침마당' 에서 노심화의 '거짓말 권하는 가족' 을 듣고

그렇게 그렇게 이렇게 이렇게 ⌐

# 우리의 만남

우리 서로 사랑하여
닫힌 말문 활짝 열자

우리는 한 소망 향한 동반자
이기고 지는 경쟁자가 아니다

참아주고 감싸주며
우리의 만남을 감사하자

성난 짐승 살벌한 세상
이기려고 가는 길에

가장 가까운 손 마주 잡고
찬송하며 살아가세

(2015. 4. 10)


*요한 3서를 읽고, 형제 사랑의 실천을 생각하며

# 꺾어진 포도나무 가지

넓은 포도밭 한구석에
포도나무 한 그루
큰 모습으로 다가와 우뚝 선다

그 나무에 가지 하나가 꺾어져
간신히 붙어 아슬아슬하여
온몸이 떨리고 등골이 오싹한다

내가 바로 이 가지이기에
그 견디고 있는 고통이
내 몸에 전율(戰慄)이 퍼진다

'나는 포도나무요 너희는 가지라'
'가지가 나무에 붙어 있지 아니 하면' 하자
나무를 꽉 잡고 살펴보았다

나무와 가지 사이에 나무진으로
굳게 감싸 붙어있음을 보고
안도의 숨을 내쉬었다

힘껏 달려 있으려던 어리석음 사라지고

십자가 위에 흘리신 보혈의 공로에
감사의 눈물이 흐른다

(2015. 4. 12)


*수원제일감리교회 이정찬 담임목사님의 '내 안에 거하라' (요한복음 15:1~8)라는 설교
 말씀을 듣다가.

# 광교산 중턱에서

연두색 잎사귀 싱그러운 사잇길로 지팡이 짚고
광교산(光教山) 중턱에 앉아 올라온 길 바라보니
정상에 올라 호연지기를 품고 휘돌아 내려가던
바쁘고 젊었던 날보다 더 기쁘고 여유로워
지나온 높고 낮은 언덕을 아스라이 굽어본다

기어가는 개미 신기하여 건드리면, '살려고 나온 것을 해치면
하늘 님 노하셔 벌 내린다' 일러주신 할머니
새벽 단잠 깨워 천자문 가르치시며 성현의 말씀 일러주신 아버지
'한두 번이 뭐냐 삼세 번이 있다' 고 인내심을 일러주신 어머니
할머니와 아버지와 어머니의 사랑의 언덕

아비 없이 미혼녀에게서 태어나자마자 쫓겨 다니다가
바닷가 작은 마을 목수의 집에서 배운 것 없이 자란 젊은 예수
십자가에 극형까지 받고 죽은 자를, 믿기만 하면 영생을 얻는다니
유구한 역사와 천하가 인정하는 예와 의를 지키는 우리 민족을
우상숭배라 몰아치기에 듣지 않고 돌아선 실망의 언덕

중국 노(魯)나라 곡부(曲阜)에서 태어난 공구(孔丘)
자신의 몸과 마음을 닦아 천하를 이상적으로 다스리려는 학문(學問)
인도 카필라의 족장(族長) 슈도다나의 장남 고타마 싯다르타

그렇게 그렇게 이렇게 이렇게

생로병사의 고통에서 벗어나려면 사성제 팔정도를 따르는 길
사서삼경(四書三經)과 불경(佛經)을 읽고 무릎 치던 감탄의 언덕

공자 석가모니 모두가 우리와 같은 사람의 아들
사람으로서는 더 이상 오를 수 없는 깨달음일 뿐
참 사람이시며 참 하나님이신 나의 주, 예수 그리스도
오른손 잡고 하늘나라 이끌어주실 줄 바르게 알고 나니
기쁘고 즐거워 정상을 바라보는 소망의 언덕

(2015. 4. 20)

# 산길에서 보고 들은 이야기

광교산 사방댐에서 노루목 지나
오랜만에 정상에서 사방을 둘러보고
토끼재 지나 사방댐으로 돌아오며 보고 들었다

한 발짝, 한 걸음 서두르지 아니 하고
지팡이 짚고 나선 아슬아슬한 길
"두려워 마라 손잡고 있단다"

딱따구리 부리로 생나무 뚫으며
"받은 은사 집중하라
택함 받은 자의 은사는 소중한 것이야"

풀과 나무들은 바람 따라 움직이며
"말하지 말고 행하라
행하지 않는 것은 생명이 없는 것이다"

한 방울씩 모여 흐르는 개울물
"복 받았다 자랑 말고
낮추고 채워주며 어울려 살아라"

김밥 집은 손등에 서슴없이 오른 개미

"지음 받기는 너나 나나 마찬가지야
사람들은 떠나갔어도 내가 있어"

소나무 밑에서 반기는 박새
"사람은 늙은이, 아픈 이 피하지만
나는 이렇게 기다리고 있어"

멀리 보이는 산줄기 무릎 꿇고 감사하며
새 잎사귀 손 흔들며 찬양하고
흰 구름 기쁨 전하려고 서둘러 간다

(2015. 4. 25)


*2010. 9. 14 뇌경색으로 오르지 못한 광교산 정상을 매년 조금씩 올라 5년 만인 4월 25일
오른 것이다.

제**4**부

죽어가고 있던
한 덩이 흙

# 죽어가고 있던 한 덩이 흙

산에 있는 모든 것
지으신 분의 다스리심에 순종하는 모습
임께서 다스리시는 나라가 분명하도다

큰 바위는 산을 의지하여 서 있고
나무와 풀은 물 한 방울 탐내지 아니 하고
짐승과 새들 다투지 아니 하고 더불어 산다.

한 알의 홀씨는 바위, 벼랑 마다 않고
멈춘 자리에서 열심히 자라 열매 익으면
짐승들은 먹을 만큼만 먹어 생명이 이어진다

비 한 방울 모여 사방으로 흘러 채워주며
솔바람 잎사귀 사이사이 어루만지니
살아 숨쉬는 향기 그윽하도다

지으신 분의 뜻을 따라 살아가는
생명이 가득한 동산에
보이지 아니 하는 것인들 어찌 아니 그러하랴

거역한 피조물은 새도 짐승도 나무도 냇물도 아닌

74

오직 사람뿐이기에 임은 사람의 몸을 입고 오셔
우리의 언어 행동 감정으로 사랑하라 일러 주신 님

이 동산에 모든 것 순종하는 모습
고스란히 하늘나라에 바쳐질 하나님의 나라
팔십이 다 되어서야 깨달았도다

죽어가고 있던 한 덩이 흙이 이제야
바람, 새, 물소리 찬양으로 들려오고
잎사귀, 꽃, 열매 감사로 보이도다.

(2015. 5. 1)

75

그렇게 그렇게 이렇게 이렇게 ┃

# 어린이의 마음

"아빠, 빨리 갔다가 내려와야 해,
할아버지 만나야 해!"

광교산 절터에 갔다 내려오다가
만난 유치원 다니는 어린이들

외손녀 외손자와 같아
몇 마디 하여 주었는데

아빠에게 애원하는
어린이의 목소리이다

지팡이 짚고 조심조심
거의 다 내려와 기다리니

반갑게 달려오기에
외손녀 외손자의 동영상 보여주었더니

어린이들은 깔깔대며 웃고
나는 덩달아 웃었다

(2015. 5. 9)

# 사랑하는 젊은이들이여

노여움을 내려놓고 내 말을 좀 들어주시오
나는 일본의 식민지가 되어 나라와 성과 이름,
말과 글을 다 빼앗긴 땅에서 태어난 노인이요

아무도 모르게 해방이 되었으나, 전쟁과 흉년으로
암담한 하루하루를 폐허 속에 굶주리면서도
정겨운 이웃들의 사랑으로 꿈이 이루어지었소

손잡고 즐겁게 일하여 한강의 기적을 이루다가
대책 없는 외침으로 손을 놓게 되었소
아직도 깨닫지 못하여 여러분을 힘들게 하였소

그러나 여러분 실망하지 마십시오
아득하게 먼 지나간 날을 돌아보면
우리를 태우고 운전하시는 분은 착하신 분이요

험한 길을 지나는 것은 미숙한 운전 아니고
승객에게 경고와 기회를 줌이었소
이 운전사는 영원한 무사고 운전사입니다

오늘날 여러분에게 어려움을 주심도

나의 세대에게는 잘못을 깨닫게 하심이고
여러분에게도 깊은 뜻이 있을 줄 믿소

이제 노여움을 풀고 그 뜻을 찾아
몸과 마음과 정성을 다함을 권하오
사랑하는 젊은이들이여 용기를 내주오

(2015. 5. 10)


*수원제일감리교회 이정찬 담임목사님의 '효도합시다' (에베소서 6:1~4) 말씀 선포를 듣
 다가 나의 잘못을 회개하면서.

# 나도 행하지 못한 말씀 전한 것인데

광교산 통신대 헬기장 오르내리는 길
산악자전거 타는 사람 가끔 중간에서
쉬는 것을 보면 걱정되어 다가가서
상태를 묻곤 하는데 오늘도 다가갔다

연만한 분이 힘이 들어 내려가련다며
일곱 살 때 당수리 집에서 폭격을 받아
할아버지 할머니 아버지는 돌아가시고
부엌에 있던 어머니와 둘만 살았단다

젊은 날을 원수 갚을 마음으로 살다가
지금도 이루지 못한 불효에 가슴 아프다며
다시 쳐들어오면 총을 사서 한 명이라도 죽여
원수를 갚겠노라고 묻지 않는 이야길 털어놓는다

"만일 어르신들이 현몽하시면 무슨 말씀하실까요"
조심스럽게 물으니, 묵묵히 얼마가 지나기에
내 생각에는 "얘야, 힘들었지, 건강하게 살아주어 고맙다
우린 아주 편히 쉬고 있으니 지난 일 잊거라" 하실 것 같소

새로워지는 모습에 고마워 지팡이 짚고 일어서니

79

일흔두 살 노인이 일어나 허리 굽혀 인사를 한다
나도 행하지 못하는 원수를 사랑하란 말씀 전하였는데
고맙다는 인사를 받으니, 살아있는 복음 기쁘고 즐겁구나

(2015. 5. 14)

# 사랑으로 베푸실 평안

며칠 전 세계간화선무차대회에서
조계종 종정 진제 스님의 법어(法語)가
이른 새벽 들려온다

중국 당나라 때에도 천하가 불안하여
도사로 통하는 방 거사(龐居士)가
어느 날 부인과 딸 셋이 주고받은 이야기다

방 거사
"어렵고 어려움이여,
높은 나무 위에 일백 석이나 되는
기름통의 기름을 펴는 것 같구나"

81

부인
"쉽고도 쉬움이여,
일백 가지 풀 끝이 모두 불법(佛法)의 진리구나"

딸
"어렵지도 아니 하고 쉽지도 아니 함이여,
피곤하면 잠자고 목마르면 차를 마신다"

위 없는 깨달음으로 위안을 받고 있으나
사람이 저지른 일로 사람만이 두려워하고
꽃은 피고 새들은 노래하고 물은 흐른다

천지만물을 지으시고 사랑으로 다스리시는 분
다시 돌아온 사람까지도 영원한 평안을 주신다

(2015. 5. 25)

*2015. 5. 16 서울에서 열린 세계간화선무차대회(世界看話禪無遮大會), 간화선은 고인들의
 이야기를 연구하여 깨달음에 이르기를 기대하는 좌선

# 남 따라 살아온 평생

폭염이 기우는 저녁이 되어
지팡이 짚고 숙지산 기슭을
쉬엄쉬엄 걸으며 산과 나무
꽃과 풀을 불러 이야기를 걸었다

길가에 하얀 찔레꽃 향기 속에
튼실하게 자라난 찔레를 깨물려다가
푸른 나무들의 몸짓에 놀라
내 모든 짓을 멈추었다

두 눈 뜨고 있는 벌에게서 꿀을 빼앗고
번성하려고 땅에 뿌린 도토리를 훔치고
새 짐승 물고기 나무와 풀을 훔쳐다가
내 맘대로 가두고 죽이고 버리었다

몸에 좋다면 나뭇잎 풀잎 껍질 열매
닥치는 대로 빼앗고 훔치고 죽이며
잘 자라는 나무 정원에 옮겨 죽이고
길가에 심어 말려 죽이었다

더구나, 영특하고 향기로운 꽃

83

보기에 좋아 타오르는 욕심으로
남 따라 평생을 살아왔음을
팔십이 가까운 나이에야 들리는구나

그것도
저녁노을 곱게 물든 언덕 위에서
알아듣지 못함에 애태워가며
자상하게 알려주기에 깨닫는구나

(2015. 5. 28)

# 두려워하지 마라

하루가 다르게 익는 앵두를 보려고 이웃 음식점엘 가니
주인아주머니가 여느 때와 같이 나와서 인사를 하여
메르스(mers) 확산으로 힘드시지요 하니,
교회 다니시는 분이 무엇이 두려우세요
인명은 재천이라(人命在天) 했는데 한다

오십대 초반의 여인이 팔십 가까운 노인에게 문자를 쓰니,
어안이 벙벙하여 마음 속으로
사람의 목숨은 하늘에 달려 있으니 어찌할 수 없다지만,
우리는 할 일을 다 하고 하늘의 뜻을 기다리라 하였느니라.
진인사 대천명(盡人事待天命)

그래도 위안이 되질 않아 밤과 낮 하루를 보내다가
목사님의 도움으로 하나님의 말씀을 들었다
"너는 두려워하지 마라
내가 너를 구속하였고, 내가 너를 지명하여 불렀나니
네가 물 가운데로 지날 때에 내가 너와 함께할 것이라" [1]

"염려를 다 주께 맡겨라
고난은 하나님이 주신 은혜 중에 은혜이다
죄로 인한 고난이면 회개하고

그렇게 그렇게 이렇게 이렇게

의를 행하다 당한 고난은 낙심하지 말고
미리 다가온 고난은 오직 주님만 바라보라"[2]

하나님을 믿는 우리만이라도 겸손히 고개 숙여
소란 피우지 말고 전문가의 권고를 따르며
세상 끝날까지 함께하여 주님 안에 거하며
이 환란 속에서 하나님의 뜻을 더듬어 깨닫고
어려움을 당한 이웃을 위로하며 조용히 살 일이다.

(2015. 6. 7)

*음식점 주인아주머니는 토담골 김마리아

1) 수원제일감리교회 김우봉 목사(이사야 43:1~3 중)
2) 수원제일감리교회 이정찬 담임목사의 '고난의 유익' (베드로전서 5:7~11) 설교 말씀을
   듣고

# 복 받는 좋은 길

수없이 오르내린 정든 산 초입에
'복 받는 좋은 길' 새 안내판 따라
지팡이 짚고 숲속 길 조심스럽게 들어서니
선명한 안내판이 이어지고 있다

'심령이 가난한 자가 되어라'
칠십 평생 걸어온 길 돌아보니
천방지축 잘난 체로 동분서주 부끄러워
살며시 두 손 모아 고개 숙여진다

'애통하는 마음을 가져라'
갈림길에 이르니 곁길로 잘못 들어
온갖 고생 다 하고 벼랑 끝에 달렸던 일
어리석고 불쌍함에 애간장 다 녹는다

'온유한 마음을 가져라'
큰 바위 어루만지며 소리 없이 울고 나니
어른들의 당부, 스승님의 기대 속에 조심스런
옛 마음 돌아와 따스하고 한결 부드러워지네

'의에 주리고 목마른 자가 되어라'

오랜 가뭄에 말라버린 옹달샘에
밤낮 없이 헤매던 짐승들이 두고 간
그 갈증으로 신령한 양식 되새김질하게 되네


'긍휼히 여기는 마음을 가져라'
내 잘못 불쌍히 여겨 대신 돌아가신 사람
그 사랑 갚을 길, 이웃 사랑뿐이라
나를 미워하는 그 사람까지 불쌍히 여겨지네


'마음이 청결한 자가 되어라'
외면치레며, 두 가지 마음 가득 찼던 내 마음
임 향한 일편단심 순박하게 변하니
어둡고 답답한 구름 벗어지고 푸른 하늘이어라


'화평하게 하는 자가 되어라'
숲속 나무들 산들바람에 서로 살가우니
우리 서로 말씀 따라 부는 바람에
손잡고 사이 좋게 살고 싶어라

'의를 위하여 박해를 받는 자가 되어라'
임 따라 나선 길에 아슬아슬한 비탈길

비웃음과 욕지거리 악독한 손길인들 없으랴
걱정하지 말라고 다정하게 일러주신다

살아서는 하나님의 나라 백성이 되어
임의 참된 위로와 진정한 만족을 누리고
심판 날에 하늘나라 백성이 되어
영원무궁 복락을 누리리라

여덟 개 안내판을 지나 산 아래 이르니
몸과 마음 단비에 흠뻑 젖은 듯
이 길은 임과 함께 걷는 길이기에
기쁘고 즐겁게 '복 받는 좋은 길' 분명하도다.

(2015. 6. 16)

*마태복음 5:1~12, 누가복음 6:20~23 말씀을 읽으며.

89

# 천국이 가까이 왔느니라

"이때부터 예수께서 비로소 전파하여 이르시되
회개하라 천국이 가까이 왔느니라 하시더라"(마 4:17)


유대광야에서
낙타털옷을 입고 가죽띠를 띤 세례 요한이
임금님의 행차에 앞서
큰 소리로 알리며 지나가자 뒤이어 들려온다


나사렛에서 조용히 사시던 예수님이
요한이 잡혔다는 소식을 들으시고
스불론 납달리 해변 가버나움에서
메시야로의 다급한 선언을 공포하신다


교양과목을 공부하듯 말씀을 읽고 들었기에
예수님도 성인군자 중 한 사람으로 알았는데
하나님의 나라가 내 앞에 이르렀으니 들어오라
강력하신 능력의 말씀을 하시는도다


멸망의 길로 가고 있는 힘없는 나를
영원한 삶의 길로 가도록 하시겠다며
믿기만 하면 하나님의 사랑을 받게 된다 하심은

90

사람으로는 도저히 할 수 없는 일이로다

복음이로다 참으로 좋은 말씀이로다
수많은 믿음의 선배들도 듣지 못하던
귀한 말씀 이렇게 듣는 나는 복되도다
믿기만 하면 임의 나라 백성이로다

(2015. 7. 1)

# 아버지와 아들과 성령의 이름으로

"그러므로 너희는 가서 모든 민족을 제자로 삼아
아버지와 아들과 성령의 이름으로
세례를 베풀고"(마 28:19)

두 손 가지런히 내 머리 위에 얹으시고
세례를 베풀어 주신 놀라운 그 순간
이태선 목사님의 선명한 음성이 들려온다

마흔두 살 한참 나이에도
앞에 나가 수줍어 고개 숙이니
'예수님의 이름으로 세례를 주노라'

성부는 창조자 위로자이심을 의지하며
성자는 중보자 구속자이심을 받아들이고
성령은 성결자 인도자이심을 고백하노라

40여 년이 지나 80이 가까워서야 깨닫고
바른 길 벗어나 우왕좌왕하던 나는 늦게야
말씀에 취하여 기쁘고 즐거워 찬양하노라

(2015. 7. 3)

*이태선(李泰善) 목사님은 1914. 8. 28(음력) 황해도 사리원에서 출생. 1945. 2. 서울감리교
신학대학 졸업. 1947. 5. 월남하여 여러 곳에서 목회하시다가 1972. 1. 9. 수원제일감리교
회를 개척하심. 1987. 3. 은퇴하시고, 2002. 3. 28. 소천하심. 동화, 동시, 동요, 설교, 훈화
집, 어린이 찬송가 작사, 작곡, 많은 작품을 남기심. 각종 악기, 그 중에도 하모니카, 톱 연
주, 지휘, 음악가이시며 문학가이시다.
*요단강물을 얼려 가지고 오셔서 그 얼음을 물에 녹여 그 물을 세례식에 사용하셨음

그렇게 그렇게 이렇게 이렇게 |

제**5**부

사람을 더럽게
하는 것

# 사람을 더럽게 하는 것

"무엇이든지 밖에서 사람에게로 들어가는 것은
능히 사람을 더럽히지 못하되
사람 안에서 나오는 것이 사람을 더럽게 하느니라" (막 7:15~16)

바리새인을 비롯한 몇몇 서기관들은
제자들이 씻지 않은 손으로 먹는 것을 보고
장로들이 정한 전통을 준행하지 아니 함을 비난한다

예수님은 그들에게 자상하게 일러주신다
이사야가 예언한 것과 같이
너희가 입술로는 나를 공경하나 마음은 내게서 멀다고

네 부모를 공경하라는 계명을 지키지 아니 하고
너희들이 정한 규정으로 부모 공양할 돈을
하나님께 바쳤다 하면 그만이라며 계명을 어기고 있다

주일이면 성경책 들고 교회에 가서
기도하고 말씀 듣고 찬송하고
성도와 교제라며 얼굴 한 번 돌려 보고 돌아온다

음란 도둑질 살인 간음 탐욕 악독 속임

음탕 질투 비방 교만 우매 내 입에서 술술 나와
나는 물론이요 다른 사람까지 더럽게 하고 있구나

(2015. 7. 4)

그렇게 그렇게 이렇게 이렇게

# 이 집이 평안할지어다

"어느 집에 들어가든지
먼저 말하되
이 집이 평안할지어다 하라" (눅 10:5)

예수님께서 70인을 따로 세우사
각 동네 각 지역으로 둘씩 앞세워 보내시며
당부하신 말씀이다

보이는 것에 구애되지 말고
이 집 사람들이 하나님을 믿어
평안이 깃들기를 기도하라는 말씀이다

거절하면, 들은 척도 아니 하면 어쩌나
이 모든 것은 네가 생각할 일 아니라고
자상하게 일러주신다

평생에 딱 한 번 전도했는데
술에 취하여 택시 기사에게
'예수 믿으세요' 한 것이다

언제부터인가

'믿으니 평안해요'

나도 모르게 흘러나오도다.

(2015. 7. 6)

그렇게 그렇게 이렇게 이렇게

# 마늘을 까면서

한여름 밤에 망사 자루 가득한 마늘
걸친 너울 걷어내고 한 알씩 떼어
칼로 의여 겉옷과 속옷을 벗긴다

그 길고 긴 가뭄에 어찌 이리도 고운 몸
우유로 목욕을 한 듯 어엿한 어린 아들 딸
하늘에 빛나는 별과 같도다

4박 5일 꼬박 까다 보니
시골에서 굳어진 손바닥이 닳아
얼얼함에 참지 못함 처음이로구나

마늘을 통째로 물에 하루를 담갔다가
거들대는 겉치장을 걷어내어
다시 속옷 바람으로 하루를 물에 담근다

칼끝으로 겉껍질 일러내고
속옷일랑 수건으로 닦아내면
요리조리 미끄러지지 않아 좋구나

우윳빛 또랑또랑한 모습 대견하여

잠을 푹 자질 못했어도
예쁜 모습에 기쁘고 즐겁구나

(2015. 7. 9)

그렇게 그렇게 이렇게 이렇게

# 불행은 죄 때문이 아니다

"이 사람이나 부모의 죄로 인한 것이 아니라
그에게서 하나님이 하시는 일을
나타내고자 하심이라" (요 9:3)

모든 불행에는 그 원인이 있을 것으로 알고
누구의 죄 때문인가를 묻는 제자들에게
예수님께서 일러주신 말씀이다

좋은 일 나쁜 일에는 그 까닭이 반드시 있다는
고정관념으로 살아온 나의 어리석음에
뇌경색으로 지팡이 짚고 걷는 것 부끄러워 했지

진리의 말씀을 모르면 어리석음 속에
이 밝고 밝은 세상을 미련하게 살 뻔한
내 삶의 일생일대의 대혁명이로다

탓도 많은 이 세상에서 내 탓이라 생각하고
흘러가는 강물같이 서두르지 아니 하고
조용히 이루어지고 있는 임의 손길 보리라

(2015. 7. 13)

102

# 하나님 우편에 서신 예수님

"보라 하늘이 열리고
인자가 하나님 우편에 서신 것을 보노라" (행 7:16)

스데반이 성령 충만하여 하늘을 우러러보니
예수님께서 자리에서 일어나 맞아 주시도다

멸망할 자들은 큰소리치며 끌어내어 돌로 치나
스데반은 조용히 기도하며 잠들도다
주 예수여 내 영혼을 받으시옵소서
저들에게 이 죄를 돌리지 마옵소서

얼마나 갸륵하고 급하시면 자리에서 일어나 서서
스데반을 맞이하실까

어둔 밤 집 앞 고개 위에 오르면
어머님 창문 여시고 등불 저으셨지

일터에서 열심히 일하고 있는 모습
멀리서 지켜보시던 아버지의 모습

어리석은 내 모습 얼마나 애태우시며

하나님은 바라보고 계실까

이 기쁜 마음 이처럼 간절하게 느끼는
이른 새벽 두 손 모아 기도하나이다

(2015. 7. 15)

# 네가 박해하는 예수라

"주여 누구시니이까
나는 네가 박해하는 예수라" (행 9:5)

예수님과 사울의 첫 대화
박해하던 자가 그의 복음 전하는 자로 변화된
아주 큰 만남이로다

다메섹 길 위에서 만난 그리스도의 빛
지난날 율법의 시야는 막을 내리고
새로운 복음의 시야가 열렸도다

새로운 선교와 신학을 세워
다녀온 곳이나 가고 싶은 곳에는
편지로도 말씀을 전하였도다

땅끝 돌밭 같은 내 마음에
오늘 자상하게 일러주시니
기쁘고 즐거워 삼복더위 모른다

(2015. 7. 15)

# 이제는 안심하라

"내가 너희에게 권하노니
이제는 안심하라
너희 중 아무도 생명에는 손상이 없겠고
오직 배뿐이리라"(행 27:22)


아그립바 왕의 유죄판결에 상소하여
많은 하물(荷物)과 손님이 탄 큰 배에
백부장의 호송을 받고 있는 죄수 바울
가이샤랴 항구를 떠나 그레데 섬에 있는
미항(美港)이라 부르는 항구에 닿았다


죄수 바울이 권하여 이르되
이번 항해가 하물과 배만이 아니라
생명에도 타격이 있으리니 월동하자고 하나


백부장은 선주와 선장의 말을 듣고 출항하여
얼마를 못 가 유라굴라 태풍을 만나
해도 별도 보지 못하고 여러 날을 굶주리고
구원의 여망이 없는 절망의 속에 있는 사람들에게
바울은 당당하게 말하고 있다

내가 섬기는 하나님의 사자가 지난 밤 내 곁에 다가와
바울아 두려워하지 마라 네가 황제 앞에 서야겠고
이 배에 탄 사람들도 내게 다 맡기셨다고 하였으니
여러분이여 안심하라고 말하고 있다

오늘날 어리석은 우리도 세상 풍랑 앞에서
이해타산으로 말씀을 믿지 아니 하고
어찌할 줄을 몰라 두려워 떨고만 있구나
말씀 속에서 풍랑을 견디는 지혜를 깨닫자

(2015. 7. 16)

그렇게 그렇게 이렇게 이렇게

# 간음한 여인들아

"간음한 여인들아
세상과 벗 된 것이
하나님과 원수 됨을 알지 못하느냐" (약 4:4)

신랑이신 예수님은 하나님과 동등하신 분
그 앞에는 여자나 남자나 모두가 신부라
세상과 은밀히 지낸다면 신랑의 마음 어떠하랴

신부인 내가 신랑이신 예수님 몰래
세상권세 명예 재물과 놀아났으니
신랑이 어찌 아니 진노하랴

간통하면서 그 편리함을 위하여
더더구나 남편에게 봉사를 요구한다면
어느 남편인들 화가 치밀지 아니 하랴

나 분명 간음한 여인
이제는 말씀 안에서 찬양의 시를 지어
신랑 되신 예수님만을 연모하리라

(2015. 7. 17)

# 네 영혼이 잘 됨

"사랑하는 자여
네 영혼이 잘 됨같이
네가 범사에 잘 되고 강건하기를 간구하노라" (요삼 1:2)

사도 요한은 사랑하는 가이오에게
주님과의 관계가 잘 되어 있음을 칭찬하면서
믿음의 길에도 주님을 중심으로 하는
좋은 길 열리기를 간절히 기도한다

욥과 같이 때로는 재앙을 당하고
야곱의 아들 요셉과 같이 노예로 팔리기도 하나
그 상황에서도 여호와를 두려워하는 마음으로
영혼을 잘 지키었기에 범사가 잘 된 것이로다

믿으면 세상의 모든 일 곧
부자, 권력가, 오래 삶, 건강이
따르는 줄로 아주 잘못 알았고
그리 말하는 것으로 알아들었구나

내 영혼에 평화가 넘쳐남은
주의 큰 복을 받음이라

내가 주야로 주님과 함께 있어
영혼이 편히 쉬네(찬송가 412장)

예수님을 구세주로 믿으니
내 마음이 편안해져
하는 일마다 잘 되고 있도다

(2015. 7. 18)

# 만물에 분명히 보여

"창세로부터
그의 보이지 아니 하는 것들 곧 그의 영원하신 능력과 신성이
그가 만드신 만물에 분명히 보여 알려졌나니
그러므로 그들이 핑계하지 못할지니라" (롬 1:20)

아담과 하와는 해와 달, 나무와 새들만 보아도
하나님은 전능하시고 우리를 사랑하여 주시는
좋은 분이심을 알고 의지하며 살았는데
타락한 우리는 심판 날에 몰랐다 하지 못하리라

하나님께서 세상만물을 창조하신 이후로
신(神)의 본성인 영원한 능력, 사랑, 선, 지혜, 의(義)를
만물을 통하여 분명하게 보여 알려 주었으니
심판 받을 때 보여주지 않아 믿지 못했다 변명 못하리라

111

내 마음 속에 흐르고 있는 탐욕의 물결
그 많은 예언자와 이 땅에 오신 주님
일러주신 말씀을 외면하였으니
이 잘못으로 내 어찌 핑계할 수 있으랴

봄이면 산과 들에 피고 지는 아름다운 꽃

가을엔 오곡백과 향기로운 열매
새벽엔 까치부부 반가운 인사
저녁엔 빛나는 별들의 아름다움

질투 탐욕 저주 가득한 마음
아직도 다 버리지 못한 아쉬움
다가오는 그날에 내 무슨 변명하리
조심스럽게 때 묻은 옷 빨고 몸을 씻나이다

(2015. 7. 25)

# 제6부

## 나의 미련함

# 나의 미련함

"하나님을 알되
하나님을 영화롭게도 아니 하며
감사하지도 아니 하고
오히려 그 생각이 허망하여지며
미련한 마음이 어두워졌나니" (롬 1:21)

하나님은 전지전능하시어 천지를 창조하시고
우리를 사랑하고 계신 좋으신 분임을 알면서
그의 놀라우신 섭리를 영광스럽게 숭배하지도 아니 하고
오히려 미련하게도 허망한 생각을 하느라고
마음까지 어두워졌나니

하나님을 모르는 이방인도 우주에는 주인이 있음
희미하게라도 느끼어 하나님을 알았건만
그의 섭리를 받아들이지 아니 하고
숙고하여 얻은 생각조차 쓸데없는 것이라 여겼으니
미련한 내 마음 불쌍하기도 하다

하나님을 믿는다면서도
지식이 타락하였고
감정이 타락하였고

의지가 타락하였도다

이제 깨닫고 보니
어둠 안에서 보이지 않던 미련이
먼동에 어둠이 사라지듯
소리 없이 미련이 사라지고 있도다

(2015. 7. 27)

# 피조물이 고대하는 바

"피조물이 고대하는 바는
하나님의 아들들이 나타나는 것이니
피조물이 허무한 데 굴복하는 것은 자기 뜻이 아니요
오직 굴복하게 하시는 이로 말미암음이라" (롬 8:19~20)

식물, 동물, 광물들이 괴로운 마음으로 기다리고 있는 바는
하나님의 자녀들이 하루빨리 자기들을 바르게 사용하여
다 같이 지으신 분에 순종을 하자는 것이다
불순종하는 인간들에게 피조물이 저항 아니 함은
스스로 거역하여 피조물에게 종속 당한 인간과는 달리
오로지 하나님께 순종하려는 것이기 때문이다

아담은 선악과를 따먹고 하나님과 피조물을 구별 못해
저주를 받아 피조물인 땅이 엉겅퀴가 덮이게 했고
그 후에도 피조물을 바르게 사용하지 아니 하여 고통 중이다

이리가 어린 양과 함께 살며 암소와 곰이 함께 먹으며
젖먹이 아이가 독사의 구멍에서 장난하는
해함도 없고 상함도 없는 그날을 맞이하려면
하나님의 자녀가 나서서 피조물과 바른 관계를 가져야 한다

116

넓은 바다를 막고 아름다운 산을 부수고 흐르는 강을 막아
얼마나 많은 피조물을 죽이고 오염시키고 자유를 박탈하고 있는가
이제는 모든 피조물을 아끼고 사랑하며 어울려 다 같이
하나님의 나라에 조각목이 되어 기쁘고 즐겁게 살면서
하늘나라를 소망하며 살아야겠다

(2015. 8. 1)

# 말할 수 없는 탄식

"이와 같이 성령도 우리의 연약함을 도우시나니
우리는 마땅히 기도할 바를 알지 못하나
오직 성령이 말할 수 없는 탄식으로
우리를 위하여 친히 간구하시느니라" (롬 8:26)

성령도 우리가 영육간에 연약함을 도우시나니
하나님의 자녀인 우리가 아버지께 구하면
부족함 없이 넉넉하게 주실 것인데도
구하는 방법과 내용을 모르고 고생을 하는 것을
오직 성령만이 아시고 안타까워 하시며
말로는 다 표현할 수 없는 탄식을 하며 한숨을 내쉬고
우리를 위하여 직접 간절히 기도하시느니라

가난한 집에 태어나 학용품 사달라는 말도 못하던 버릇이
전지전능하신 하나님께도 구하지 못하는 습관이 되어
구하지 못하는 미련한 나를 얼마나 안타까워 하실까
성령님 이 마음 아시고 부족함 없이 간구하여 주셨네

이렇게까지 자상하고 깊이 있게
보살펴 주시어 올바르게 사용하게 하여 주서
살아가는 동안도 기쁘고 즐겁게
주님을 찬양하고 감사하며 살아가나이다.          (2015. 8. 3)

118

# 권세들에게 복종하라

"각 사람은 위에 있는 권세들에게 복종하라
권세는 하나님으로부터 나지 않음이 없나니
모든 권세는 다 하나님께서 정하신 바라"(롬 13:1)

사람은 누구나 위에 있는 권세에 복종하라
모든 권세는 하나님으로부터 온 것이며
이미 있는 권세들도 하나님께서 세워주신 것이다

사람은 사회생활을 하여야 함으로 나라를 세워
국민을 다스리기 위하여 법률을 정한 것이니
누구나 그 법률을 준수하여야 편안한 생활을 한다

119

하나님은 나라를 세우는 일이나 망하게 하는 일,
국민을 다스리는 일들을 다 섭리하고 계시니
그 권세에 대하여는 하나님께 맡기고, 복종하라

권세자가 적법절차로 바로잡히지 아니 해도
대립, 폭력, 외면, 아첨, 아부 등은 하지 말고
예언자와 같이 기도와 말씀과 행동으로 하라신다

"사람을 공의로 다스리는 자, 하나님을 경외하는 자여

그는 돋는 해의 아침 빛 같고, 비 내린 후에 광선으로
땅에서 움이 솟는 새 풀 같으니라" (삼하 23:3~4)
하나님이 다윗에게 일러주신 말씀이로다

지금 우리는 대책 없는 반대의 소리
집단적 이익만을 위한 행동
나라를 생각하지 아니 하는 원망뿐이다

이와 같은 일은 지난 70년으로 족하니
더욱 힘써 힘을 모아 슬기롭게 깨닫길
우리나라 우리 백성을 사랑하시는
하나님께 간절히 기도드립니다

(2015. 8. 8)

# 어렵지 않아요

요리 솜씨 타고난 집사람은
지금도 텔레비전 요리 강의에 열중이다
오늘 아침 식탁에 앉으니
요리 시범으로 만든 음식에 군침이 돈다

"어렵지 않아요!"
요리 강사가 하는 소리에
내 속이 시원하여져
곰곰이 생각을 하였다

어려워 삼복더위에 애를 태우다가
오늘 아침에야 로마서를 다 읽고
깨달은 말씀과 시원한 마음을 말하려던 참에
"그렇게 읽으면 어렵지 않아요"라는 소리로 들렸다

혈통으로는 유대민족 중에서도 베냐민 후손이요
학문으로는 가말리엘 문하에서 율법을 받은 자요
그리스문화 생활 속에 로마시민으로 태어나
평생을 복음전도로 체계 있게 쓴 편지

"어렵지 않아요"

참고 참으며 살갑게 읽으니
그 어려운 사도 바울이 보내준 편지가
사랑의 편지였어요

(2015. 8. 15)

# 이웃사랑

"온 율법은
네 이웃 사랑하기를 네 자신같이 하라
하신 말씀에서 이루어졌나니"(갈 5:14)

성경 말씀 중에 하지 말라는 명령이 있는데
이 명령은 모두 이웃을 사랑하면
위반하지 아니 하게 된다

십계명 중에
살인, 간음, 도둑질, 거짓 증거를 하지 말라
네 이웃의 집, 아내, 종, 소유물을 탐내지 말라
이 모든 것이 이웃을 사랑하면 되는 것들이다

예수님도 말씀하셨다
네 이웃을 네 자신같이 사랑하라
모든 율법이 다 이웃사랑에서 완성된다

사랑 없이 율법을 행하였다면
율법을 참되게 행한 것 아니오
사랑한다며 율법을 위반하였으면
사랑을 참되게 행한 것 아니다

형법, 민법, 상법, 조세법, 교통법 등
법률 전문가도 다 알 수 없는 처벌 조문들
이웃을 사랑하면 다 필요 없게 되니
다툼도 전쟁도 재판도 치안도 사라질 것들이다

이웃 사랑하면 나라는 물론이요
온 세계 더 나아가 우주만물이
하나님 다스리시는 나라가 된다
놀라운 말씀이로다

(2015. 8. 18)

# 은혜를 헛되이 하지 말라

"우리가 하나님과 함께 일하는 자로서
너희를 권하노니
하나님의 은혜를 헛되이 받지 말라" (고후 6:1)

사도들의 전도는 하나님과 함께하는 권위 있는 말씀
사람이 하는 말로 여기어 헛되게 듣지 말고
이사야 선지자가 말한 바와 같이
율법의 구약시대가 지나고 복음의 신약시대가 되었으니
이 때가 은혜 받을 때이니 기회를 잃지 말라

숫아날 틈 다 막히고 마땅히 죽임을 당하거나
이 땅에서 쫓겨날 수밖에 없는 암흑의 율법시대 지나가고
예수 그리스도를 구주로 믿기만 하면 사랑이 넘치는
은혜의 시대가 되었으니 일촌광음인들 허송세월하랴

말씀을 되새김질하면서 손끝 발끝을 조심하며
한 걸음씩 다가가며 바라보노라면 닮아갈 줄 믿고
부르는 소리 귀담아 들으며 오늘 살고 있음을
은혜 받을 귀한 기회임을 가슴에 새기나이다

(2015. 8. 20)

# 너희에게 소원을 두고 행하게 하시나니

"그러므로 나의 사랑하는 자들아
너희가 나 있을 때뿐 아니라 더욱 없을 때에도
항상 복종하여 두렵고 떨림으로 구원을 이루라
너희 안에 행하시는 이는 하나님이시니
자기의 깊은 뜻을 위하여
너희에게 소원을 두고 행하게 하시나니
모든 일을 원망과 시비가 없이 하라"(빌 2:12~14)

그러므로 내가 사랑하는 빌립보 교인들아
나와 함께 있을 때와 보다 로마 감옥에 있는 지금은
더욱 더 하나님의 말씀을 두렵고 떨리는 마음으로 순종하여
구원을 이루어 나가라

너희 안에서 행하시는 하나님은 기쁘신 자기의 뜻을 위하여
선을 행하려는 의욕도 주시고 선을 행할 힘도 주시나니
서로 원망하거나 다투지 말고 하나님께 순종하라
좋으신 하나님을 원망하게 될까 두렵다

하나님께서는 지극히 높으셔 만물을 굴복시키는
예수 그리스도를 주님으로 믿게 하여 주심 망극하여
이 부족한 저에게 소원을 두시고 행하게 하시는
하나님을 두렵고 떨리는 마음으로 찬양하나이다        (2015. 8. 24)

# 하나님께로부터 난 의(義)

"또한 모든 것을 해(害)로 여김은
내 주 그리스도 예수를 아는 지식이 가장 고상하기 때문이라
내가 그를 위하여 모든 것을 잃어버리고 배설물로 여김은
그리스도를 얻고 그 안에서 발견되려 함이니
내가 가진 의는 율법에서 난 것이 아니요
오직 그리스도를 믿음으로 말미암은 것이니
곧 믿음으로 하나님께로부터 난 의(義)라"(빌 3:8~9)

난 지 8일만에 할례 받은 아브라함 자손
택함 받은 이스라엘 족속, 충성스런 베냐민 지파
가말리엘 문하 엄격한 율법주의자
수사권을 가진 촉망되는 젊은 검사였던 사도 바울은
이 모든 것이 보탬이 되지 못한다 여기고 있음은
그리스도 예수님이 나의 구세주이심을 아는 것이
가장 깨끗하고 높고 거룩하기 때문이라며
모든 것을 하찮게 여기고 있음은
그리스도를 믿어 연합이 되려 함이니
가지고 있는 의로움은 율법을 준수하여 된 것이 아니고
믿음으로 하나님으로부터 받은 의로움이라 한다

127

하나님 주신 귀하고 거룩한 믿음으로

하나님은 좋으신 분임을 깨달아 사니
이전에 좋던 것 이제는 값 없다
임 따라 가는 길 험하고 멀어도
찬송을 부르며 임과 함께 살리라

(2015. 8. 25)

# 무엇을 보려고 나갔더냐

"요한이 보낸 자가 떠난 후에
예수께서 무리에게 요한에 대하여 말씀하시되
너희가 무엇을 보려고 광야에 나갔더냐"(눅 7:24)

바람에 흔들리는 갈대냐
부드러운 옷 입은 사람이냐
하나님 약속하신 언약의 사자니라

지나간 날에는 알기를 좋아하여
사물의 이치를 즐겨 쪼개 보며
화려하게 차려 입은 철인(哲人)들을 보았고

이쪽 저쪽 강둑에 닿지 않게
한가운데로 노 저어 가라는 간곡한 소리
지붕이 불타고 있는 집안에 어린 것들
애태워 나오라고 외치는 소리만 들었나이다

공자도 불타(佛陀)도 다 사람이기에
바르게 길 잡아 주거나
집안에 들어가 끌어내어 주지 못하고
힘없고 허울 좋게 외치는 소리만 들렸나이다

이제는 전지전능하신 임이시기에
오른손을 굳게 잡고 항상 지켜주시는
생명의 말씀 듣고 있으니
황공스러워 옷깃 여미고 감사하나이다

(2015. 8. 28)


*수원제일감리교회 이정찬 담임목사의 여선교회연합예배에서 설교 말씀(눅 7:18~25)을
들고서
*사서삼경 중 중용(中庸)과 불경 중 법화경(法華經)을 참고하였음

제 **7** 부

경건의 비밀

# 경건의 비밀

"크도다 경건(敬虔)의 비밀이여
그렇지 않다는 이 없도다
그는 육신으로 나타난 바 되시고
영으로 의롭다 하심을 받으시고
천사들에게 보이시고
만국에 전파되시고
세상에서 믿은 바 되시고
영광 가운데서 올려지셨느니라"(딤전 3:16)

그리스도의 삶!
상상 못할 위대한 비밀이여
임은 사람의 몸으로 나타나시고
성령에 의해 의롭다 인정받으셨고
천사들에게 보이셨도다
모든 사람 가운데 선포됨으로
온 세상이 믿은 바 되셨고
하늘나라 영광 속으로 들어가셨도다

아!
임을 공경하며 삼가 조심스럽게 사는 삶
말할 수 없는 복된 삶이어라

임은 우리 마음 속에 하나님의 나라를 베푸시고
어서 들어오라 부르시며
성령님 보내주셔 우리 곁에서
마음 길, 손짓, 발걸음 지켜 주시도다

(2015. 8. 29)

# 우리를 대신하여 자신을 주심은

"그가 우리를 대신하여 자신을 주심은
모든 불법에서 우리를 속량하시고
우리를 깨끗하게 하사
선한 일을 열심히 하는
자기 백성이 되게 하려 하심이라"(디 2:14)

그리스도께서 우리의 죄를 대신하여 돌아가심은
우리를 죄악의 얽매임에서 제값 주고 풀어주시고
성령님의 인도로 점점 거룩함을 이루게 하사
하나님께서 바라고 계신 바를 열심히 이루려는
하나님의 나라 백성이 되게 하려 하심이라

예수 그리스도께서 자신을 희생제물로 내어주심은
우리를 반역 죄인의 어두운 삶에서 해방시켜
선하고 순결한 삶으로 이끄시고
우리를 하나님의 나라에서 선한 일에 열심을 내는
자랑스러운 백성이 되게 하려 하심이라

하나님의 은혜와 그리스도의 구원과 성령님의 인도
이른 새벽 풀벌레의 은밀한 찬양이 깔려 들려온다
사도 바울이 믿음의 아들 디도 목사에게 보낸 편지

고스란히 내게 배달되어 늦게 열어 읽어 본다
목회자의 어려움을 헤아려 보며 더욱 옷깃을 여민다

(2015. 8. 31)

# 사랑으로써 간구하노라

"이러므로 내가 그리스도 안에서 아주 담대하게
네게 마땅한 일로 명할 수도 있으나
도리어 사랑으로써 간구하노라" (몬 8~9)

사도 바울이 나이 어린 빌레몬에게
그의 도망쳤던 종 오네시모를 돌려보내니
사랑으로 맞아달라는 사연을 써 보내는
간절한 부탁의 편지로다

빌레몬이여!
이 편지를 가지고 가서 직접 전하는 자가
내가 낳은 아들이요, 바로 그대의 오네시모라오
그가 전에는 그대에게 무익한 사람이었으나
이제는 그대와 나에게 유익한 사람이 되었다오

내가 그를 그대에게 막상 보내려고 하니
내 오른팔을 잘라내는 것만 같소
그대가 여전히 나를 믿음의 동지로 여긴다면
나를 맞이하듯이 그를 맞아 주소서

하나님을 믿으면 이렇게 언어가 변하는 것일까

하나님을 사랑하면 이렇게 사랑을 베풀게 되는 걸까
이렇게 다른 사람에게 유익한 자가 되는 걸까
내 마음 속 깊이 깔린 찌꺼기 후련하게 씻겨 내려가게 하소서
사랑하는 마음과 사랑 받는 마음과 사랑 듣는 마음 되게 하소서

(2015. 8. 31)

# 큰 제사장 예수님

"또 하나님의 집 다스리는
큰 제사장이 계시매
우리가 마음에 뿌림을 받아
약한 양심으로부터 벗어나고
몸은 맑은 물로 씻음을 받았으니
참 마음과 온전한 믿음으로
하나님께 나아가자" (히 10:21~22)

예수님께서는 대속의 피로 담력을 주셨고
괴롭고 피곤하지 아니 한 새로운 살 길을 주셨는데
또 하늘나라 하나님 앞에서 우리를 돌봐주고 계시니
우리 마음 보혈로 씻어 약한 양심마저 맑게 씻고
얼룩진 몸 맑은 물로 씻음 받아 깨끗해졌으니
순수한 마음, 온전한 믿음을 가지고
약속하여 주신 소망 품고 하나님 바라보며 살아가자

보따리 둘러메고 고개 위에 오르면
흘러가는 구름만 보이던 지나간 날의
희미한 소원이 되어주셨던 그분
긴 세월 지켜주시던 임은 이른 새벽
곤한 잠을 깨워 일러주신다

대속하여 주시고 새롭게 살아가는 길 주셨고
하늘나라 아버지 앞에서 날 도와주신다고
이제는 더 없는 소망을 품고 고개를 오르리라

(2015. 9. 3)

# 믿음은 바라는 것들의 실상

"믿음은 바라는 것들의 실상이요
보이지 않는 것들의 증거니
선진들이 이로써 증거를 얻었느니라" (히 11:1~2)

믿음은 보이지 아니 해도 분명히 존재하므로
하나님을 바라보며 살아가는 사람들에게
받침목이 되어 굳세게 살아가게 하여 주니
하나님과 그의 능력이 보이지 아니 해도
믿음의 선배들의 그 믿음으로 알 수 있도다

죽음을 보지 않고 승천한 에녹
가족들을 구원한 노아
늙어 단산한 사라의 잉태
홍해를 육지같이 건넌 이스라엘
두루 돌아 무너진 여리고 성
믿음이 실상으로 나타난 사실들이라

어디 이뿐이랴
지금 믿기만 하면 하나님의 나라 백성으로
살아서도 하늘나라 훈련을 받으니
믿음의 선배들 꿈도 못 꾼 은혜로
믿음의 실상을 완연히 보고 있도다

(2015. 9. 4)

# 복숭아나무 비유

"내 형제들아
만일 사람이 믿음이 있노라 하고 행함이 없으면
무슨 유익이 있으리요
그 믿음이 능히 자기를 구원하겠느냐" (약 2:14)

내 형제들아
하나님의 사랑으로 보내주신 그리스도를 믿는다며
사랑을 베풀지 아니 하면
그런 믿음이 어찌 너희를 구원하겠느냐
믿음과 행함과 구원의 관계를 일러주도다

복숭아나무 비유로 믿음 행함 사랑 소망을 보자
흙에 묻혀 보이지 않는 뿌리는 믿음이요
땅 위에 자라고 있는 튼실한 나무는 행함이요
가지마다 아름답게 핀 꽃은 사랑이요
먹음직하게 익은 복숭아는 구원이로다

뿌리는 쉬지 않고 양분을 나무로 보내주고
나무는 열심히 가지를 넓게 펴내고
가지에서는 새들과 사람들의 사랑을 꽃피우고
꽃은 영원한 소망, 복숭아를 열게 하도다

141

그렇게 그렇게 이렇게 이렇게 |

인류는 오래 전부터 이러한 세상을 꿈꾸며
유토피아(Utopia, 理想鄕), 무릉도원(武陵桃源)을 지어내고
유비(劉備)는 장비와 관우 세 사람이 복숭아나무 아래에서
하늘의 뜻을 받들고 만백성을 편안하게 하려는 결의를 하였도다

우리 조상들은 집집마다 복숭아나무를 심어
그 나무 아래 할아버지 할머니 아버지 어머니 그리고 형제자매
만남을 믿으며 효도와 우애로 사랑을 꽃피우며
하늘나라 본향을 바라보며 즐겁게 살고 있도다

(2015. 9.5)

# 나는 알파와 오메가라

## ─하나님 다스리시는 나라

"주 하나님이 이르시되 나는 알파와 오메가라
이제도 있고 전에도 있었고 장차 올 자요
전능한 자라 하시더라"(계 1:8)

모든 것을 시작하신 분이시오 모든 것을 잘 마무리하실 분
스스로 계셔 기쁘고 선하신 뜻으로 우주 만물을 다스리시고
때가 이르면 바르게 정리하시며 어디든지 계시고
모르는 것이 없으시고 모든 일을 할 수 있는 분이시다

선지자들에게 들려주시고, 성령의 감동으로 기록한 말씀
친히 오셔 제자들에게 일러주신 말씀
이 말씀들을 깨닫고 풀이한 사도들의 말씀 힘입어
하나님 다스리시는 나라를 이 종이에 삼가 그려 본다

143

태초에 세 분 하나님 천지 만물과 사람을 창조하시며
땅을 다루며 다른 피조물들과 어울려 살라시며
아담과 하와에게 에덴동산을 허락하셨으니
이것이 첫 번째 하나님 다스리시는 나라이다

아담과 하와는 순종치 아니 하여 동산에서 쫓겨나고
그의 자손들도 순종치 아니 하는 자가 늘어나

선지자를 보내고 유황불로, 홍수로 멸망을 보여 주어도
오히려 그들을 죽이기까지 하였다

가장 사랑하는 성자에게 사람의 옷을 입혀
예수님을 구세주로 믿고 돌아오는 자는
하나님의 나라 백성이 되어 훈련을 받게 하셨으니
이것이 두 번째 하나님 다스리시는 나라이다

심판 날에 멸망의 구덩이에 던져지지 아니 한 자들에게
준비하신 영원하고 평안한 집이 있는 곳이
세 번째 하나님 다스리시는 하늘나라이다.

(2015. 9. 6)

# 어린 양께 드리는 새 노래

하늘나라 보좌에 앉으신
하나님의 오른손에서
어린 양이 두루마리를 받으시니
네 생물과 이십사 장로들의 축시가 낭송되고
천사들의 칠언축시(七言祝詩) 읊으니
만물들의 사언답시(四言答詩) 나온다

두루마리를 가지시고 그 인봉을 떼기에 합당하시도다
일찍이 죽임을 당하사
각 족속과 방언과 백성과 나라 가운데에서
사람들을 피로 사서 하나님께 드리시고
그들로 우리 하나님 앞에서
나라와 제사장들을 삼으셨으니
그들이 땅에서 왕노릇하도다

죽임을 당하신 어린 양은
능력과 부와 지혜와 힘과
존귀와 영광과 찬송을
받으시기에 합당하도다

보좌에 앉으신 이와 어린 양에게

찬송과 존귀와 영광과 권능을
세세토록 돌릴지어다

밧모 섬에서 본 요한의 환상 나래 아래
어린 양께 드리는 새 노래가 들려오니
기쁘고 즐거워 어쩔 줄을 모르는데
창밖에 풀벌레 달려와 손잡고 찬양하도다

(2015. 9. 6)

*요한계시록 제 5장을 읽으며

# 하늘에서 들려오는 큰 음성

"그러므로 하늘과 그 가운데 거하는 자들은
즐거워하라" (계 12:12)

이제 그리스도께서 부활 승천하셔
믿음의 형제들을 밤낮 참소하던 사탄이
하늘나라에서 쫓겨났도다

우리 믿음의 형제들은
그리스도의 보혈의 은혜로
말씀을 증거하여 사탄을 이겼도다

믿음의 형제들은
그리스도를 믿어 영생을 받았으므로
육신의 생명을 두려워하지 아니 하였도다

그러므로
하나님의 나라 백성이 되었으니
믿는 형제들아 즐거워하라

그러나 믿지 않는 자들은 화가 있고
사탄은 주님 재림하시면 불못에 던져질 것을 앎으로

# 미친 듯이 발악을 하리라

(2015. 9. 9)

*요한계시록 제 12장 10절에서 12절까지 말씀을 음미하며

| 송홍만 제19시집

# 성도들의 인내와 믿음

"사로잡힌 자는 사로잡혀 갈 것이요
칼에 죽을 자는 마땅히 칼에 죽을 것이니
성도들의 인내와 믿음이 여기 있느니라" (계 13:10)

개역 개정하기 전에는
"사로잡는 자는 사로잡힐 것이요
칼로 죽이는 자는 자기도 마땅히 칼에 죽으리니
성도들의 인내와 믿음이 여기 있느니라" 라는
알기 쉬운 표현을 왜 이렇게 개정했는지 안타깝다

적 그리스도의 폭력으로 끌려갈지라도 염려 말라
폭력을 쓰는 자는 마땅히 폭력으로 망할 것이니
성도들은 고난을 참고 믿음을 놓지 않아야 된다

적 그리스도가 폭력으로 활개를 치고 있다 해도
그들은 잠시뿐이리니
의로우신 하나님을 의지하고 견디는 것이 성도이다

악한 세력이 판을 치는 듯한 세상
선하신 하나님은 지켜보고 계시니
성도들의 할 일은 믿고 견디는 일뿐이라

살아온 지난날이 그러하였으니
오늘은 물론이요 내일 또한 이러하리라
더욱 인내와 믿음이 절실한 일이로다

(2015. 9. 9)

제 8 부

보시기에 심히
좋았더라

# 보시기에 심히 좋았더라

"하나님이 지으신
그 모든 것을 보시니
보시기에 심히 좋았더라" (창 1:31)

하나님께서 지으신 세상
생로병사와 더러움과 악함이 원래 없어
완전하고 진정한 아름다움이었더라

갓난아기의 잠자는 모습
아직 뜨지 못한 눈을 움직이며
배냇짓을 하는 아름다움

옹알이로 이야기를 들려주고
아장아장 걸으면서 보여주는
보고 듣기 아름다운 모습이라

어린 것은 모두가 아름답다
새와 짐승과 나무와 풀들
아직 선하신 솜씨가 남았다

152

주님을 따라가다 닮아지면

그날 다시 오셔 하늘나라 올라가
보시기에 좋은 모습 소망하나이다.

(2015. 9. 14)

# 가장 아름다운 동행

"에녹은 삼 백 년을 하나님과 동행하며" (창 5:22)
아담의 7대 손 에녹할아버지
사람으로 어떻게 이럴 수가 있어요

어린 나를 앞세워 걸으시던 할머니
동호회원과 함께하던 등산, 답사, 시 낭송
그림자처럼 따르던 사람들 다 잠시 잠깐의 일

에녹은 무두셀라를 낳은 65세부터 동행하였으니
창을 던지는 사람이라는 이름을 짓고
심판이 올 것을 깨닫고 동행을 시작하였으리라

"내가 땅의 족속 가운데 너희만을 알았나니
그러므로 내가 너희 모든 죄악을
너희에게 보응하리라 하셨나니" (암 3:3)

에녹은 하나님이 살아계신 좋으신 분이요
찾는 자에게 상 주시는 이심을 믿고
그를 기쁘게 하면서 동행하였으리라 (히 11:5~6 요약)

아름답도다!

하나님과 에녹의 동행이여
나의 마음, 입, 손으로는 할 수 없는
거룩하고 아름다운 동행이로다

(2015. 9. 14)

그렇게 그렇게 이렇게 이렇게ㅣ

# 네게 보여줄 땅으로 가라

"여호와께서 아브람에게 이르시되
너는 너의 고향과 친척과 아버지의 집을 떠나
내가 네게 보여줄 땅으로 가라"(창 12:1)

아브람의 아버지 데라가 갈대인의 우르를 떠나
가나안 땅으로 가고자 하였으나
하란 땅에서 죽어 가지 못하였으니(창 11:31~32, 행 7:2~4)
다시 아브람에게 네게 보여줄 땅으로 가라 하신다

아브라함은 보이는 것으로 행하지 아니 하고
보이지 아니 하는 믿음으로 부르심에 순종하여
장래 기업으로 받을 땅에 나갈새
갈 바를 알지 못하고 나갔다(히 11:8)

베드로 야고보 요한이 배들을 육지에 대고
모든 것을 버려두고 예수를 따랐고
바울은 세상의 모든 영광스런 것들을 배설물로 여기고
그토록 빛나는 그리스도와 하늘의 영광을 바라보았다

156

하나님이 친히 내려오서 십자가의 희생으로 죄를 제거하시고
그리스도께서 받으신 고난으로 죄를 철저하게 제거해 주시고

부활 승천하시어 영광을 받으신 새 생명까지 준비하시고
지금 우리에게 보여주고 일러주시는 땅으로 가라 하신다

세상 것보다 말씀을 믿어 하나님의 나라 백성이 되어
사랑을 베풀며 한 걸음씩 주님을 바라보며 닮아가노라면
하늘나라 소망에 기쁘고 즐거워 고난도 견디며
하나님께서 우리에게 보여주신 하늘나라를 소원합니다

(2015. 9. 14)

157

# 티끌을 능히 셀 수 있을진대

"내가 네 자손이 땅에 티끌 같게 하리니
사람이 땅의 티끌을 능히 셀 수 있을진대
네 자손도 세리라"(창 13:16)

이해하기 어려워 앞뒤의 말씀으로 보아
'내가 네 자손이 땅에 티끌 같게 하리니
사람이 땅의 티끌을 능히 셀 수 없듯이
네 자손도 셀 수 없이 많으리라' 풀어 보았다

표준 새 번역 성경전서(1993. 1. 30 발행)
"내가 너의 자손을 땅의 먼지처럼 셀 수 없이
많아지게 하겠다
누구든지 땅의 먼지를 셀 수 있는 사람이 있다면
너희 자손을 셀 수 있을 것이다"

생활영어성경(The Living Bible)
"내가 네 후손을 땅의 먼지처럼 많게 할 것이니
땅의 먼지를 셀 수 없듯이
네 후손도 셀 수 없게 될 것이다"
(And I am going to give you so many descendants that,
like dust, they can't be counted!)

158

표준 새 번역 성경전서에 잘 고쳐진 것을
그 뒤에 개역 개정판 성경전서(2001)에
이렇게 이해하기 힘든 표현을 고집하였을까
복된 말씀을 알기 쉽게 표현하지 않아 씁쓰름하다

(2015. 9. 15)

# 내가 어찌 이 큰 악을 행하여

"이 집에는 나보다 큰 이가 없으며
주인이 아무것도 내게 금하지 아니 하였어도
금한 것은 당신뿐이니 당신은 그의 아내임이라
그런즉 내가 어찌 이 큰 악을 행하여
하나님께 죄를 지으리이까" (창 39:9)


야곱의 아들 요셉은
자기가 섬기는 주인 보디발의 아내의
성적 유혹을 물리침에 있어
먼저 하나님과의 관계를 생각한다


지나간 날의 그 많은 유혹을 이겨내지 못한
나의 부족함이 바로 이것이로다
연약한 내 마음으로는 오히려 끌려들 뿐이었다
요셉은 하나님의 사람이라 지혜로웠구나


살아갈 날이 아직 남았으니 참으로 다행이라
이제는 성령님의 도움으로 이 말씀을 기억하여
죄의 유혹이 다가오면 모든 것 다 제쳐 놓고
내가 어찌 하나님께 죄를 지으리이까 하리라

(2015. 9. 18)

# 내가 하나님을 대신하리이까

"요셉이 그들에게 이르되
두려워하지 마소서
내가 하나님을 대신하리이까" (창 50:19)

요셉이 형들에게 위로하면서 한 말로
내가 어떻게 하나님을 대신하여
형들에게 벌을 내릴 수 있겠습니까
세상만사를 하나님이 주관하심을 믿는 말이다

형님들은 나를 해하려 하였으나
하나님은 우리 가족의 생명을 구원하셨으니
형님들 두려워하지 마세요
내가 형님들과 자녀들까지 돕겠어요

내 마음 속에 머물고 있는 상처 미움
사랑하는 사람으로부터 당하는 괴로움
신앙의 눈으로 나의 상처를 바라보면
하나님은 다듬으시고 깨뜨리시고 낮추셔서
은혜의 과정을 지나면 악은 선으로 변화되는 것
내 마음 변하지 못하여 은혜를 저버리고 있도다

(2015. 9. 19)

# 너희는 내가 여호와인 줄 알리라

"내가 그의 마음과 그의 신하들의 마음을 완강하게 함은
나의 표징을 그들 중에 보이기 위함이요
네게 내가 애굽에서 행한 일들
곧 내가 그들 가운데서 행한 표징을
네 아들과 네 자손의 귀에 전하기 위함이라
너희는 내가 여호와인 줄 알리라" (출 10:1~2)

여호와께서 모세에게 말씀하셨다
바로와 그의 신하들이 재앙을 보면서도
고집을 부리게 한 것은
나의 온갖 이적을 보여주려고 한 것이요
바로와 그 신하들과 애굽 백성에게
이적과 벌을 내린 것은 너희 자손 이스라엘에게
내가 주님이라는 것을 가르쳐 주려는 것이니라.

세상일을 주관하시는 하나님 아버지
오늘 눈에 보이고 귀에 들리는 거칠고 험한 일들
하나님이 우리를 구원하시려는 것이라 믿습니다
직접 그리스도로 오셔서 일러주신 말씀
성령님 도와주셔 깨닫게 하여 주시니
고집부리는 내 마음 순한 망아지 되어 따르렵니다.    (2015. 9. 21)

# 구름기둥 불기둥

"여호와께서 그들 앞에서 가시며
낮에는 구름기둥으로 그들의 길을 인도하시고
밤에는 불기둥으로 그들에게 비추사
낮이나 밤이나 진행하게 하시니"(출 13:21)

여호와께서 애굽에서 구원하신 이스라엘 백성을
광야 길을 밤낮으로 행군할 수 있게
낮에는 구름기둥으로 앞서가시며 인도하시고
밤에는 불기둥으로 앞길을 비추어 주셨도다

오늘날의 세상이 밤이나 낮이나 환하다지만
우리의 마음은 밤이나 낮이나 캄캄하도다
빛을 따르라 외치는 자와 따르는 자 많으나
참빛 아닌 바로의 어두움일 뿐이로다

163

하나님께서 친히 참빛으로 오셔서 일러주신 말씀
그 말씀이 낮에는 구름기둥 밤에는 불기둥으로
하나님의 나라로 가는 길을 환하게 비추어 주소서

(2015. 9. 21)

# 우림(Urim)과 둠임(Thummim)

"너는 우림과 둠임을 판결 흉패 안에 넣어
아론이 여호와 앞에 들어갈 때에
그의 가슴에 붙이게 하라
아론은 여호와 앞에서 이스라엘 자손의 흉패를
항상 가슴에 붙일지라"(출 28:30)

여호와께서 모세에게 명하신다
너는 우림과 둠임을 판결할 때 입는 가슴 흉패 안에 넣어
아론이 내 앞에 들어올 때에 그것을 입고 들어오게 하라
아론은 내 앞에서 이스라엘 자손의 시비를 가릴 때에
언제나 흉패를 입어야 한다

우림은 빛을 상징하여 하나님의 승낙이나 거절을 분명히 함이요
둠임은 완전함 또는 어두움을 상징하여 대답하지 아니 함이라
사울과 다윗도 제사장을 통하여 하나님의 뜻을 알아보았고

(삼상 14:36~41, 20:7~8, 23:9~12)

에스라, 느헤미아 선지자 때에도 사용하였다(스 2:63, 느 7:65)

오늘 우리에게는 말씀을 읽고 성령님의 인도로
하나님의 뜻을 분별할 일이로다

(2015. 9. 22)

# 반드시 죽일지니

"만일 누구든지 자기의 아버지나 어머니를
저주하는 자는 반드시 죽일지니
그가 자기의 아버지나 어머니를 저주하였은즉
그의 피가 자기에게로 돌아가리라" (레 20:9)

반드시 죽일지니, 반드시 죽이되,
반드시 죽일지니라, 반드시 죽이고
이어지고 있는 죄들은 내게 익숙한 죄들
무섭고 떨려 살아있는 것이 두렵구나

돌아보면 반드시 죽임 당했어야 할 내 모습
자비하신 하나님 독생성자 보내주셔
회개하고 죄 사함 받게 하여 주시니
두려운 마음으로 조심스럽게 걸어갑니다

(2015. 9. 26)

165

# 제 9 부

## 다르다와 틀리다

# 다르다와 틀리다

다르다와 틀리다라는 말이 있다
너와 나의 생각이 서로 달라도
그 생각이 틀린 것이 아니다

사람은 각각 자유의지를 받아
태어났기 때문에 생각이 다르고
마음이 다른 것이다

그러나
하나님의 말씀만은 다르지 아니 하고
틀리지 아니 하는 완전무결하시다

"그는 반석이시니 그가 하신 일 완전하고
그의 모든 길이 정의롭고 진실하고 거짓이 없으신
하나님이시니 공의로우시고 바르시도다"(신 32:4)

사람은 인간이 제조한 로봇(robot)과는 달리
그 생각과 마음을 자유롭게 지으셨으므로
마음과 생각이 서로 달라도 더불어 살아가길 바라신다
일흔여덟 추석을 지내고서야 깨달은 나의 고백이다

다른 것은 틀린 것이라는 고집스러운 마음
남아있는 삶의 짧은 동안 떼어낼지 암담하여
이른 새벽 가슴을 치며 간절히 구하오니
불쌍히 여겨 성령님의 도우심을 주시옵소서

(2015. 9. 28)

그렇게 그렇게 이렇게 이렇게

# 곧 올라가서 그 땅을 취하자

"갈렙이 모세 앞에서 백성을 조용하게 하고 이르되
우리가 곧 올라가 그 땅을 취하자
능히 이기리라" (민 13:30)

모세는 여호와께서 말씀하신 대로
가나안 땅을 정탐하라고 각 지파 지휘관 12명을 보냈으나
40일 동안 정탐하고 돌아와 보고를 한다

그 땅 거주민은 강하고 성읍은 견고하고 심히 클 뿐 아니라
거주민들이 우리보다 강하고 신장이 장대한 자들이며
네피림 후손인 아낙 자손을 보았는데
우리는 그들에 비하면 메뚜기와 같았다고 하자

이스라엘 자손들이 모세와 아론을 원망하며
애굽으로 돌아가자 아우성을 칠 때에
여분네의 아들 갈렙이 회중에게 보고한 정탐내용이다

눈의 아들 호세아(여호수아)와 갈렙이 옷을 찢어 맹세코
그 땅은 심히 아름다운 땅이요
과연 젖과 꿀이 흐르는 땅이라 한다

170

여호수아와 갈렙은 하나님을 영화롭게 하며
자연환경이나 인간의 능력을 문제삼지 아니 하는
살아있는 믿음의 순수한 모습이로다
끝내는 부정적인 10명의 불신앙을 이겼도다

여호수아와 갈렙의 믿음을 따라
바로 내 곁에 하나님의 나라가 있음을 깨닫고
예수 그리스도를 주로 믿어 살아 갈 때에
젖과 꿀이 흐르는 하나님의 나라 백성이 되리라

(2015. 9. 29)

171

그렇게 그렇게 이렇게 이렇게

# 어려운 것도 아니요 먼 것도 아니다

"내가 오늘 네게 명령한 이 명령은
네게 어려운 것도 아니요 먼 것도 아니라" (신 30:11)

여호와의 말씀을 청종하여 그의 명령과 규례를 지키고
마음을 다하고 뜻을 다하여 하나님께 돌아오면
네 손으로 하는 모든 일과 네 몸의 소생과
가축의 새끼와 토지의 소산을 많게 하시고 복을 주시되
여호와께서 조상들을 기뻐하신 것과 같이
너를 다시 기뻐하사 복을 주시리라
이 명령은 네게 어려운 것도 아니요 먼 것도 아니다

하늘에 있는 것 아니오
바다 밖에 있는 것 아니오
오직 네 입에 있으며
네 마음에 있은 즉
네가 이를 행할 수 있느니라

모세가 불순종하는 이스라엘 백성들에게
하나님의 구속 역사는 좌절하지 아니 하시니
너희는 이왕이면 순종의 길을 택하여
영생의 축복을 받으라는 간곡한 호소이다

172

예수 그리스도를 마음으로 믿어 입으로 시인하여
하나님의 나라 백성이 되어 영원한 하늘나라 소망 속에
기쁘고 즐겁게 살아가는 길도
어려운 것 아니요 멀리 있는 것 아니라고 일러주신다.

(2015. 10. 8)

# 남양고등학교 제 2회 동창회

가을이라 문득 그리워 모이니 머리 허연 아홉 명
그리웠던 일, 힘들었던 고개, 잊지 못할 추억
자랑도 하고, 후회도 하며, 웃기도 하고, 정색도 하니
세상 어느 모임이 이다지 마음 문 편히 열까

탐욕이 만사에 병이더라 세 가지를 피하며 살아야 해
주어진 삶에 정성을 다 하리 곧 진기지심(盡己之心)
새벽운동이 건강에 도움이 되어 몸 가볍게 움직이오
한 세상 즐거운 마음으로 한껏 누리며 살아 후회 없네

친구들과 '고스톱' 즐거워 날라다니듯 살아가네
아들 딸 잘 되어 마음 편하고 손주 손녀 재롱에 그만이야
중학교 때 채석장에서 돌덩이 하나 지고 고개 넘던 일
얼음 속 자갈 주워 지고 학교 짓는 데까지 옮기던 일

그 때 그 시절에 열심히 가르쳐 주신
한근우 한성대 이종오 백영재 백승찬 고송옥 김덕홍 허 옥
이영인 홍주의 똥지개(성명은 기억 안 남)
열악한 환경에서 정성을 다하여 길러주셨지

연약한 몸, 부족한 여건으로 씩씩하고 쾌활한 아이들에 가려져 지내고

174

주경야독(晝耕夜讀)을 거쳐 공직생활에도 여유롭지 못하다가 퇴직하니
여유로워 등산, 답사, 천방지축 갈팡질팡 바쁘게 지내다가
중풍으로 거동이 불편하여져
말씀에 취한 야생마가 되어 기쁘고 즐겁다오

(2015. 10. 9)

그렇게 그렇게 이렇게 이렇게

# 그 성을 일곱 번 돌며

"제사장 일곱은 일곱 양각 나팔을 잡고
언약궤 앞에 나아갈 것이요
일곱째 날에는 그 성을 일곱 번 돌며
그 제사장들은 나팔을 불 것이며" (수 6:4)

이스라엘 자손들이 가나안 땅에 들어와
첫 관문 굳게 닫힌 여리고 성에 이르자
일곱 제사장에게 각기 양각 나팔을 잡고
언약궤 앞에서 매일 성을 한 바퀴씩 돌되
일곱째 날에는 일곱 번을 돌며
제사장은 나팔을 불 것이며
백성은 다 큰 소리로 외쳐 부르라는 말씀이다

성을 들며 자신의 힘이나 지혜를 의지하지 말고
하나님은 전능하신 분이심을 온전히 믿고 의지하여
말씀을 준행하며 나팔을 불어 백성들과 함께
하루에 한 번씩 엿새를 돌고 일곱째 날에는
성을 온전히 일곱 번을 돌며 나팔을 불라
뒤따르는 백성들은 다 큰소리로 소리치라

하나님은 우리의 힘을 원하시는 것 아니시고

오로지 믿고 의지하며 따르기를 원하신다
연약한 나의 마음과 힘을 버리고
예수 그리스도의 말씀을 믿고 의지하며
한 발짝씩 하나님의 나라 백성으로 살리라

(2015. 10. 10)

# 넣느냐와 싸느냐
 — '이어령의 100년 서재'를 들으며

우리의 어머니는 반짇고리에
바늘, 실, 헝겊을 넣었다

바늘은 헝겊과 헝겊을 이어주고
헝겊은 배내옷을 지어놓기도 한다

바늘과 헝겊과 실은 보자기를 만들어
무엇이든지 버리지 않고 싼다

바구니나 트렁크에 넣는 것은
사용하지 아니 하고 가두며 버리는 것이다

싸는 것은 두었다가 유용하게 쓰는 것이고
넣는 것은 쓰레기통에 아주 버리는 것이다

서양문화는 틀에 넣는 문화라 고정되었으나
우리 문화는 보자기에 싸는 문화라 여유가 있다

양복은 사람을 옷 안에 넣는 것이지만
한복은 사람을 옷으로 감싸주는 것이다

(2015. 10. 11)

# 잘 살다 갑니다

좋으신 분께서 좋은 나라, 좋은 시절에 보내주셔
좋으신 할아버지 할머니 아버지 어머니 사랑받으며
좋으신 스승, 형제, 이웃, 동료 만나 편안하게 살고
착한 아내 만나 아들 딸 손자 손녀 슬기로워 기쁘오

사물의 이치와 성현의 말씀, 힘겨워 못내 아쉽더니
복된 말씀 조금씩 더듬어 되새김질하며 사니
싫었던 것 잊어지고 좋았던 일만 떠올라 감사하여
부르시는 날 차마 잊을까 여기에 미리 새기오

(2015. 10. 12)

*조부모 송용(宋榕) 안치옥(順興 安致玉)
*부모 송정순(宋貞純) 이금선(全州 李今善)
*본인 송홍만(宋弘萬 24세손 二十四世孫)
*아내 김응천(金海 金應天) 김순인(金順仁) 金敏子
*대지공원 15지구5단9번 여산송씨가족묘(礪山宋氏家族墓)

179

# 여호와를 향하여 입을 여셨으니

"나의 아버지여
아버지께서 여호와를 향하여 입을 여셨으니
아버지의 입에서 낸 말씀대로 내게 행하소서
이는 여호와께서 아버지를 위하여
아버지의 대적 암몬 자손에게 원수를 갚으셨음이니이다" (삿 11:36)

사사 입다가 주께서 암몬 자손을 내 손에 넘겨주셔
편안히 돌아올 때에 내 집 문에서 나와
나를 영접하는 자를 번제물로 드리겠다고 서원하였는데
입다가 승리하고 미스바에 있는 집에 이르니
무남독녀 외딸이 소고 잡고 춤추며 집에서 나온다

어찌 할꼬 내 딸이여
너는 나를 참담하게 하는 자요
너는 나를 괴롭게 하는 자로다
내가 여호와를 향하여 입을 열었으니
능히 돌이키지 못하리로다

아버지 입다의 애간장 녹이는 한탄에
무남독녀는 위로의 효성과 믿음의 답을
대담하게 아버지께 올린다

전해 오는 심청의 모습이기도 하고
오늘날까지 아직은 들어보지 못한
지극한 효성, 굳건한 믿음의 노래로다

(2015. 10. 14)

# 보아스가 룻을 맞이하여 아내로 삼고

"이에 보아스가 룻을 맞이하여 아내로 삼고
그에게 들어갔더니
여호와께서 그에게 임신하게 하시므로
그가 아들을 낳은지라" (룻 4:13)


유다 베들레헴 에브랏 사람 엘리멜렉이
그 땅에 흉년이 들어
아내 나오미와 두 아들 말론과 기룐을 데리고
모압지방에 가서 살다가 남편이 죽고
나오미는 두 아들의 아내를 모압 여자 중에서 맞으니
오르바와 룻인데 십 년쯤 지나 두 아들이 죽어
나오미는 두 며느리에게 각기 너희 어머니 집으로
돌아가기를 간구한다


룻은 어머니께서 가시는 곳에 나도 가고
어머니께서 머무시는 곳에서 나도 머물겠나이다
어머니의 백성이 나의 백성이 되고
어머니의 하나님이 나의 하나님이 되시리니
어머니께서 죽으시는 곳에서 나도 죽어 거기 묻힐 것이라


시어머니는 룻을 데리고 베들레헴에 왔고

182

룻은 시어머니의 친척 보아스를 만난다
시어머니는 룻과 보아스의 사랑을 위하여 노력함으로
여호와께서 그 두 사람을 도우사 아들을 낳게 하셨다

남편과 두 아들을 잃고 공허한 마음으로 안식 없는 삶에서
나오미는 이제야 안식이 가득한 삶을 살게 되었으니
이스라엘 백성을 위하여 다윗의 헌신적인 사랑을 통하여
안식 없는 생활에서 안식 있는 백성으로 살아감과 같도다

오늘 우리가 예수 그리스도의 몸 바치신 지극하신 사랑으로
하나님의 자녀로 영원 무궁한 안식을 누리게 하심 또한 같도다

(2015. 10. 16)

183

# 망령되이 행하였도다

"사무엘이 사울에게 이르되
왕이 망령되이 행하였도다
왕이 왕의 하나님 여호와께서 왕에게 내리신 명령을
지키지 아니 하였도다"(삼상 13:13)

왕정제도의 첫 번째 왕 사울이
백성의 동요를 막고 전쟁에 승리하기 위하여
제사장의 직분으로 제사를 드린 것

하나님이 이스라엘 나라를 지키시고
구원하여 주신다는 신앙을 상실하고
주변 국가들의 왕과 같이 행동한 잘못

이스라엘의 왕은
참된 왕이신 하나님을 대리하는 통치자임을
망각한 잘못을 사무엘이 준엄하게 꾸짖고 있다

세상을 다스리는 권세는 하나님으로부터 난 것이니
주신 분의 명령을 거슬려서는 아니 되는 것이다(롬 13:1~2)
변함없는 진리로다

(2015. 10. 17)

제 **10**부

솔로몬의
성전봉헌 기도

# 솔로몬의 성전봉헌 기도

"주의 종과 주의 백성 이스라엘이
이곳을 향하여 기도할 때에
주는 그 간구를 들으시되
주께서 계신 곳 하늘에서 들으시고
들으시사 사하여 주옵소서" (왕상 8:30)

솔로몬 왕이 성전을 완공, 언약궤를 옮겨
성전봉헌하며 드린 기도이다
하나님은 성전 안에만 계시지 않으시지만
명하신 대로 지은 성전이니
이 성전에서 드리는 제사와 기도를 들어주시고
온 우주에 편만하시면서도 성전에 임하시는
주께서는 어디서든지 이곳을 향하여 기도하는
하나님의 백성들의 기도를 들어주시길 간구한다

오늘 우리는 어디서나 언제든지 회개하고 믿으면
마음 안에 하나님의 나라가 이루어져
그 백성으로 기쁘고 즐겁게 살며
영원한 하늘나라를 소망하며 살도다.

(2015. 10. 23)

# 나는 빛으로 세상에 왔나니

"나는 빛으로 세상에 왔나니
무릇 나를 믿는 자로
어둠에 거하지 않게 하려 함이로라"(요 12:46)

예수께서
세상을 떠나 아버지께로 돌아가실 때가 이른 줄 아시고
영적으로 몽매함을 벗어나지 못하는 유대인들에게
어느 때보다 절박하게 말씀하고 계시다

마태 마가 누가 바울 등보다 아주 늦게야
아무도 기록하지 아니 한 이 말씀을 기록하였으니
이는 사도 요한은 분명 빛을 깨닫고 빛으로 섰기에
성모 마리아를 봉양하라신 당부를 순종하며
더욱 밝고 편안하게 살았으며
예수님은 은혜와 계시를 주셔 요한복음, 요한 1,2,3서
그리고 요한 계시록을 기록하게 되었기에
특별히 이 기록을 기억하여 기록하였으리라

빛으로 오신 예수님의 말씀 안에 살면
헛것은 사라지고 참된 것을 보며 편안하게 살아감을
오늘 우리에게까지 일러주려는 것이리라

팔십 가까이 살아온 지난날의 힘든 삶 속에서도
어둠의 유혹을 벗어나려 애쓰던 순간마다
밝게 살려고 이끌어 주심 감사하여
남은 몇 년을 더욱 빛 안에서 벗어나지 말고
편안하게 살아갈 용기를 주시도다

(2015. 10. 25)


\*수원제일감리교회 이정찬 담임목사님의 '내가 온 것은' (요 12:44~50) 설교 말씀을 듣고

# 이 아름다운 땅을 누리고

"이제 너희는 온 이스라엘
곧 여호와의 회중이 보는 데서와
우리 하나님이 들으시는 데에서
너희 하나님 여호와의 모든 계명을 구하라
그리하면
너희가 이 아름다운 땅을 누리고
너희 후손에게 끼쳐 영원한 기업이 되게 하리라"(대상 28:8)

다윗 왕이 이스라엘 모든 고관들
곧 각 지파의 어른, 왕을 섬기는 반장, 천 부장,
왕과 왕자의 모든 소유의 감독, 내시, 장사, 모든 용사들을
예루살렘으로 소집하여
후계자로 솔로몬을 천거하면서
성전 건축의 대명령을 내리면서
당부한 말이다

오늘날 우리에게도 꼭 필요한 말씀이다
믿음의 형제들이 보는 데에서
하나님 아버지 들으시는 데에서
우리에게 주신 말씀을 순종하면
이 땅에서 하나님의 나라 백성이 되어

기쁘고 즐거움을 누리고
후손들에게도 이 길을 걷게 하신다

(2015. 10. 26)

# 이 일이 갑자기 되었으나

"이 일이 갑자기 되었으나
하나님께서 백성을 위하여 예비하셨으므로
히스기야가 백성과 더불어 기뻐하였더라"(대하 29:36)

유다 왕 히스기야는 즉위하자마자 성전 문을 수리하였고
우상숭배로 얼룩진 성전 곳곳을 성결하게 하였고
대제사장들을 명하여 온 이스라엘을 위한 속죄 제를 올리고
온 백성으로 하여금 번제물들을 자발적으로 바치게 하였다

이 모든 일이 다 하나님께서 예비하여 주셨으므로
히스기야는 이를 한 가지씩 이루어 역사 안에 나타난
하나님의 구원에 대하여 남북으로 갈라진 온 이스라엘이
다 같이 감사하며 기뻐한 것이다
뒤이어 유월절을 온 이스라엘이 지킨다

"히스기야가 온 유다에 이같이 행하되
그의 하나님 여호와 보시기에 선과 정의와 진실함으로 행하였으니
그가 행하는 모든 일 곧 하나님의 전에 수종드는 일에나 계명에나
그의 하나님을 찾고 한 마음으로 행하여 형통하였더라"(대하 31:20~21)

분단된 우리 민족의 통일에 길을 알려주시며

우리 교회가 나아갈 길을 일러주시며
우리 믿는 자들이 명심하여야 할 지침이며
나이 많아서야 깨닫는 것만으로도 감사합니다
이 깨달음도 하나님께서 예비하여 주신 은혜로다

(2015. 10. 27)

# 우리가 남아 피한 것

"이스라엘 하나님 여호와여
주는 의로우시니 우리가 남아 피한 것이 오늘날과 같사옵거늘
도리어 주께 범죄하였사오니
이로 말미암아 주 앞에 한 사람도 감히 서지 못하겠나이다 하
니라(스 9:15)

아론―엘르아살―비느하스―아비수아―북기―웃리엘―스라
히야―므라욧
―아사랴―아마랴―아히둡―사독―살룸―힐기야―아사랴―
스라야―에스라,
에스라 대제사장의 기도로다

유다나라 백성들이 바빌로니아의 포로로 잡혀 갔다가
풀려 돌아온 것이 정치적 사건이 아니라
민족적 죄악의 결과로 생각하며 그 진노 중에서도
하나님께서는 긍휼을 베풀어 주신 것을 증거하며
죄에 대한 회개와 신앙고백을 하는 기도이다

우리 배달겨레의 지난날을 되돌아보게 한다
하나님의 아들 환웅을 내려 보내 자손들이 늘어나
단군조선을 세워 순결하게 살도록 아름다운 땅을 주셨다

주변 사나운 무리들이 동서남북에서 짓밟았으나
불쌍히 여겨 몇 번이나 되돌려주셨으나
그때마다 깨닫지 못하고 오늘날까지 이르고 있다

내 자신 돌아보면 마찬가지이다
어려운 어린 시절 힘들고 아득한 고개를 넘겨 주셨건만
바라고 계신 바를 이루지 못하고 방황하지 않았던가

(2015. 10. 27)

# 나는 하나님을 경외하므로

"나보다 먼저 있었던 총독들은 백성에게서
양식과 포도주와 또 은 사십 세겔을 그들에서 빼앗고
또 그들의 종자들도 백성을 압제하였으나
나는 하나님을 경외하므로 이같이 행하지 아니 하고" (느 5:15)

유대인 하가랴의 아들 느헤미아는
바사 왕 아닥사스다의 술 맡은 관원이 되어
조국이 황폐한 상태에 있다는 소식을 전해 듣고
왕에게 간청하여 유다의 총독으로 예루살렘으로 가서
여러 가지 어려움을 당할 때마다 여호와를 의지하여
성벽재건을 마치고 대제사장 에스라와 합력하여
수많은 단행을 했으며 특히 율법을 가르치는 일에
적극적이면서 총독으로서 성실하게 수행하면서
백성들을 위하여 봉급도 받지 아니 하고 탐욕을 부리지 아니 하여
백성을 압제하지 아니 하고
오직 하나님을 경외하였다는 고백이다

오늘 우리가 어느 곳에 있든지
하나님을 경외하여
성전을 위하는 일이나
나라를 위하는 일이나

195

민족을 위하는 일이나
명심하여야 할 빛과 소금의 말씀이로다

(2015. 10. 28)

# 유다인 모르드개

"유다인 모르드개가 아하수에로 왕의 다음이 되고,
유다인 중에 크게 존경 받고, 그의 허다한 형제에게 사랑을 받고
그의 백성의 이익을 도모하며, 그의 모든 종족을 안위하였더라" (에 10:3)

베냐민 자손 모르드개는 유다 왕이 바벨론으로 사로잡아 올 때에
작은 아버지와 작은 어머니가 같이 와 딸 에스더를 남기고 돌아가서
에스더를 딸과 같이 양육하여 바사 왕 아하수에로의 왕후가 되었다

아각 사람 하만이 모든 대신 위에 자리로 승진을 하여
교만이 충천하여 굽히지 아니 하는 모르드개에 불만을 품고
유다민족을 다 멸하려고 처벌할 날을 정하여 기다리고 있어
유다인들이 다 떨고 있었다

197

모르드개가
"네가 왕후의 자리를 얻은 것이 이때를 위함이 아닌지 누가 알겠느냐"
에스더가
"나도 금식 후에 규례를 어기고 왕에게 나가리니
죽으면 죽으리이다"

왕이 어느 날 밤에 역대일기를 듣다가
왕을 암살하려던 내시들을 처벌한 기록에 이르러

그때 암살 음모를 알려주어 죽음을 면하게 하여준 모르드개가
아무런 대우를 받지 않았다는 대답을 듣고
모르드개에게 왕의 다음가는 존귀한 벼슬을 내렸다.

아브라함의 후손을 축복하는 자에게는 복을 내려주신다는
하나님의 변함없는 약속 오늘 우리에게도 임하였으니
이때를 위하여 하나님의 자녀가 된 것이 아닌지 누가 알겠느냐
죽으면 죽으리라는 마음으로 하나님의 나라 백성으로 살아가리라

(2015. 10. 29)

# 욥의 믿음, 인내, 축복

"누가 사람 없는 땅에 사람 없는 광야에
비를 내리며"(욥 38:26)
모든 피조물은 하나님이 만드시고 유지하시도다

"내가 알기에는 나의 대속자가 살아계시니
마침내 그가 땅 위에 서실 것이라"(욥 19:25)
"주께서 못하실 일이 없사오며
무슨 계획이든지 못 이루실 것이 없는 줄 아오니"(욥 42:2)
욥의 믿음이로다

"욥이 재 가운데 앉아서 질그릇 조각을 가져다가
몸을 긁고 있더니 그의 아내가 그에게 이르되
당신이 그래도 자기의 온전함을 굳게 지키느냐
하나님을 욕하고 죽으라
그가 이르되 그대의 말이 한 어리석은 여자의 말 같도다
우리가 하나님께 복을 받았은즉 화도 받지 아니 하겠느냐"(욥 2:8~10)
욥의 인내로다

여호와께서 욥의 곤경을 돌이키시고
여호와께서 욥에게 이전 모든 소유보다
갑절이나 주신지라

욥의 말년에 처음보다 더 복을 주시고
또 아들 일곱과 딸 셋을 두었으며
아들과 손자 사대를 보았더라(욥 42:10~16 요약)
욥의 축복이로다

믿음도 인내도 부족하오니
두 손 들고 하나님만 바라보며
남은 삶을 회개하며 살아가리라

(2015. 10. 30)

# 내 젊은 시절의 죄와 허물

"여호와여 내 젊은 시절의 죄와 허물을 기억하지 마시고
주의 인자하심을 따라 주께서 나를 기억하시되
주의 선하심으로 하옵소서" (시 25:7)

여호와여
칠십여 년을 살고 보니 벗어난 길, 빗나간 화살
곰곰이 헤아리니 수 없이 튀어나와
남아있는 짧은 날에는 거듭하지 아니 하겠습니다

잠들기 전까지 기억나는 대로 집어내어 용서를 비오니
용서하여 주시옵소서
주 하나님은 사랑이 많으시고 좋으신 분이니
나의 지난날의 잘못을 기억하지 마시옵소서

201

좋으신 하나님
나의 죄를 자백하면 하나님은 미쁘시고 의로우사
나의 죄를 사하시며 깨끗하게 하실 줄을 믿사옵니다 (요일 1:9)

나의 주 하나님이시여
다시 간절한 마음으로 비옵나니
자복하는 죄와 허물을 지워 버려 주시옵소서
되풀이하지 않게 도와주소서                  (2015. 10. 31)

# 참된 사랑

"너는 나를 도장같이 마음에 품고 도장같이 팔에 두라
사랑은 죽음같이 강하고 질투는 스올같이 잔인하며
불길같이 일어나니 그 기세가 여호와의 불과 같으니라

많은 물도 이 사랑을 끄지 못하겠고 삼키지 못하나니
사람이 그의 온 가산을 다 주고 사랑과 바꾸려 할지라도
오히려 멸시를 받으리라" (아 8:6~7)

부귀영화와 권세를 가진 솔로몬 왕
주야로 앞 다투어 총애를 받으려는
아름답고, 애교 있고, 지혜로운 60명의 왕비
전국에서 선출되어 온 80여 명의 후궁
무수한 시녀들 중에 한 사람이 아니다

산골 술람미에서 포도밭 일을 하는 아비삭에게
네 어머니가 너를 낳으려고 고생한
그 사과나무 아래에서 당신의 사랑을 깨우리라고
사랑을 고백하자,
그 여자가 영원한 사랑을 서약해 달라며 솔로몬에게 한 말이다

202

솔로몬은 그 많은 신부 중에 한 여자를 총애하였으나

우리 신랑 예수님은 추남추녀 가리지 아니 하고
새 사람 되려는 사람은 누구나 다 사랑하신다

솔로몬은 술람미 여자를 위하여 자존심과 권위를 버렸으나
예수님은 그의 신부들에게 다 같이 영생을 주려고
교활한 죄인들에 의해 십자가에 돌아가셨다

솔로몬은 술람미 여자를 호화롭게 데리러 왔지만
예수님은 천지를 진동하는 나팔소리와 찬양 속에
우리를 맞이하려 재림하실 것이다.

(2015. 11. 3)

# 하나님의 나라와 하늘나라

## 1. 머리말

성경에는 하나님의 나라와 하늘나라 두 가지 부류로 표현되어 있으나, 이들은 다 같이 하나님께서 다스리시는 나라임으로 현재 준비단계에 있는 하나님의 나라와 장차 완성될 하늘나라를 구별하지 말자는 것이 대부분의 신학자들의 의견이다.

그러나, 일부 신학자들의 의견과 같이 하나님의 나라는 구약에 암시되어 있으며 예수님께서도 공생애 동안 선포하신 핵심을 이루고 있으며, 제자들과 사도들도 이를 증거하고 있으므로, 하나님의 나라를 하늘나라와 구별하는 것이 마땅하며, 또 우리에게도 유익하다고 생각한다.

## 2. 하나님의 나라(Kingdom of God)

하나님의 나라는 사람의 눈에 보이는 영토가 있는 나라가 아니고, 우리의 마음 속에 이루어지는 나라이다. 하늘나라에 들어가

기 전에 땅에서 예수님을 영접하여 장차 하나님의 말씀을 따를
수 있게 성화(聖化)되어 한 명이라도 더 하늘나라에 들어가게 하려
고 설치하신 나라이다.

하나님의 나라에 대하여는 구약에서부터 메시야를 통하여 실
현될 것이라고 예언되어 있고, 하나님이 예수님께 맡긴 나라이
며, 예수님의 공생애 사역도 하나님의 나라를 먼저 전파하셨고,
제자들도 하나님의 나라를 전파하였으니, 그리스도의 오심으로
하나님의 나라는 시작되었고, 사람이 복음을 믿음으로 그의 마음
안에 하나님의 나라가 이루어진다.

✳ 하나님의 나라는 너희 안에 있느니라

"하나님의 나라는 볼 수 있게 임하는 것이 아니요 또 여기 있다
저기 있다고도 못하리니 하나님의 나라는 너희 안에 있느니라"

(눅 17:20~21)

✳ 성령을 힘입어 귀신을 쫓아내면 하나님의 나라이다

"내가 하나님의 성령을 힘입어 귀신을 쫓아내는 것이면 하나님
의 나라가 이미 너희에게 임하였느니라" (마 12:28)

✳ 바벨론의 왕 느브갓네살의 꿈

"하늘의 하나님이 한 나라를 세우리니 이것은 영원히 망하지도
아니 할 것이요 그 국권이 다른 백성에게 돌아가지도 아니 할 것
이요 도리어 이 모든 나라를 쳐서 멸망시키고 영원히 설 것이라"

(단 2:44)

✳ 바벨론 왕 느브갓네살의 환상

"옛적부터 항상 계신 이에게 나아가 그 앞으로 인도되매 그에
게 권세와 영광과 나라를 주고 모든 백성과 나라들과 다른 언어
를 말하는 모든 자들이 그를 섬기게 하였으니 그의 권세는 소멸

205

되지 아니 하는 영원한 권세요 그의 나라는 멸망하지 아니 할 것이라"(단 7:13∼14)

※ 이사야의 예언

"주의 성령이 내게 임하셨으니 이는 가난한 자에게 복음을 전하게 하시려고 내게 기름을 부으시고 나를 보내사 포로 된 자에게 자유를, 눈 먼 자에게 다시 보게 함을 전파하며 눌린 자를 자유롭게 하고 주의 은혜의 해를 전파하게 하려 하심이라 하였더라 이에 예수께서 그들에게 말씀하시되 이 글이 오늘 너희 귀에 응하였느니라 하시니"(눅 4: 18,19,21)

※ 예수님이 하늘에서 내려오신 뜻

"내가 하늘에서 내려온 것은 내 뜻을 행하려 함이 아니요 나를 보내신 이의 뜻을 행하려 함이니라 나의 보내신 이의 뜻은 내게 주신 자 중에 내가 하나도 잃어버리지 아니 하고 마지막 날에 다시 살리는 이것이니라 내 아버지의 뜻은 아들을 보고 믿는 자마다 영생을 얻는 이것이니 마지막 날에 내가 이를 다시 살리리라"

(요 6:38∼40)

※ 예수님을 세상에 보내신 것은 세상이 구원을 받게 하려 하심이라

"하나님이 세상을 이처럼 사랑하사 독생자를 주셨으니 이는 그를 믿는 자마다 멸망하지 않고 영생을 얻게 하려 하심이라 하나님이 그 아들을 세상에 보내신 것은 세상을 심판하려 하심이 아니요 그로 말미암아 세상이 구원을 받게 하려 하심이라"(요 3:16∼17)

예수께서 재림하셔서 세상을 심판하시면 하나님의 나라는 하늘 나라로 이어지는 것이다.

## 가. 하나님의 나라에 대한 여러 가지 표현

하나님의 나라를 천국, 하나님 나라, 그리스도와 하나님의 나라, 하나님의 사랑의 아들의 나라 등으로 기록되어 있다.

**✹ 천국(天國)**

마태는 오랫동안 유대인의 전통을 따라 하나님의 함자(御字)인 여호와라 부르기를 피하여 하나님의 나라로 표시하지 아니 하고 천국이라고 하였다. (같은 내용을 막 1:15, 눅 4:43 에는 하나님의 나라로 기록되어 있음)

"회개하라 천국이 가까이 왔느니라" (마 3:2, 4:17)

"천국은 마치 사람이 자기 밭에 갖다 심은 겨자씨 한 알 같으니라" (마 13:31)

**✹ 하나님 나라**

"하나님 나라의 비밀을 아는 것이 너희에게는 허락되었으니" (눅 8:10)

"주가 고난 받으신 후에 또한 그들에게 확실한 많은 증거로 친히 살아계심을 나타내사 사십 일 동안 그들에게 보이시며 하나님 나라의 일을 말씀하시니라" (행 1:3)

**✹ 그리스도와 하나님의 나라**

"너희도 정녕 이것을 알거니와 음행하는 자나 더러운 자나 탐하는 자 곧 우상숭배자는 다 그리스도와 하나님의 나라에서 기업을 얻지 못하리니" (엡 5:5)

하나님의 나라는 현세에는 그리스도의 나라이지만 종말에는 그리스도께서 하나님께 바치게 될 것이므로 그리스도와 하나님의 나라로 표현한 것이다.

207

### ✹ 하나님의 사랑의 아들의 나라

"그가 우리를 흑 암의 권세에서 건져내사 그의 사랑의 아들의 나라로 옮기셨으니"(골 1:13)

하나님이 사랑하시는 예수 그리스도는 성육신(成肉身)하신 하나님을 가리키는 것으로, 이는 바로 하나님의 나라이다.

## 나. 하나님의 나라에 들어가는 자

### ✹ 회개하고 복음을 믿는 자

"때가 찼고 하나님의 나라가 가까이 왔으니 회개하고 복음을 믿으라"(막 1:15)

때가 찼다 함은 때가 다 되었다는 것이요, 가까이 왔다 함은 여기 있다 함이니, 때가 다 되어서 하나님의 나라가 여기 있으니, 회개하고 복음을 믿어 어서 들어오라는 말씀이다.

### ✹ 심령이 가난한 자

"심령이 가난한 자는 복이 있나니 천국이 그들의 것임이요"(마 5:3)

### ✹ 의를 위하여 박해를 받는 자

"의를 위하여 박해를 받는 자는 복이 있나니 천국이 그들의 것임이라"(마 5:10)

### ✹ 하나님께서 맡기시거나 부르심 받은 자

"내 아버지께서 나라를 내게 맡기신 것같이 나도 너희에게 맡겨"(눅 22:29)

"이는 너희를 부르사 자기 나라와 영광에 이르게 하시는 하나님께 합당히 행하게 하려 함이라"(살전 2:12)

### ✺ 거듭난 자

"사람이 거듭나지 아니 하면 하나님의 나라를 볼 수 없느니라
(요3:3)

"사람이 물과 성령으로 나지 아니 하면 하나님의 나라에 들어
갈 수 없느니라" (요 3:5)

거듭난다는 것은 예수님이 의롭다 하여 주시는 것(稱義)이요,
의롭다고 인정하여 주시는 것(義認)이다. 잘못된 지나간 삶의 모
습을 벗어나 새로운 길로 예수님을 따라가면 모르는 사이에 거듭
나는 것이다.

### ✺ 구원 받은 자

"오늘 구원이 이 집(삭개오의 집)에 이르렀으니 이 사람도 아브
라함의 자손임이로다" (눅 19:9)

### ✺ 하나님의 나라를 받드는 자

"누구든지 하나님의 나라를 어린 아이와 같이 받들지 않는 자
는 결단코 그곳에 들어가지 못하리라" (막 10:15)

### ✺ 가난한 자

"너희 가난한 자는 복이 있나니 하나님의 나라가 너희 것임이
요" (눅6:20)

재물은 사람에게 우상이 되기도 하고 회의와 불안이 되기도 하
여 하나님을 전적으로 믿지 못하게 하는 경우가 많으며, 재물은
선하지 아니 한 것에 사용하기 쉽기 때문이다.

### 다. 하나님의 나라 백성

### ✺ 먼저 하나님의 나라와 그의 의를 구한다

"너희는 먼저 그의 나라와 그의 의를 구하라" (마 6:33)

209

하나님의 나라를 하나님의 시각에서 전체를 바라보고 거듭난 삶을 찾으라는 것이다.

❊ 주를 위한 환난을 겪는다

"우리가 하나님의 나라에 들어가려면 많은 환난을 겪어야 할 것이라"(행 14:22)

❊ 어린아이와 같이 겸손과 신뢰를 가지고 산다

"어린 아이들이 내게 오는 것을 용납하고 금하지 말라 하나님의 나라가 이런 자의 것이니라"(막 10:14)

하나님의 나라 백성은 어린이들의 온유 겸손 신뢰 무죄 소박 순결한 성품 그 중에도 겸손과 신뢰를 가지고 산다는 뜻이다.

라. 하나님의 나라 특성

❊ 영적으로 의롭고 평안하며 기쁘고 즐겁다

"하나님의 나라는 먹는 것과 마시는 것이 아니요 오직 성령 안에 있는 의와 평강과 희락이라"(롬 14:17)

❊ 산 소망을 가지고 예수님 닮아가는 삶을 산다

"우리를 거듭나게 하사 산 소망이 있게 하시며"(벧전 1:3)

하나님의 나라 백성이 되었어도 죄의 용서를 받은 것이지 죄가 없는 의인(義人)이 된 것이 아니기 때문에 예수님을 닮아가는 삶(聖化)을 살아가며 영원한 소망인 하늘나라를 바라보라는 것이다.

❊ 하나님의 나라 백성도 실족한다

"의인은 없나니 하나도 없다"(롬 3:10)

사람이 거듭나서 하나님의 나라 백성이 된 것은 예수께서 의롭다고 인정한 것이지 의인으로 변화된 것이 아니므로, 육신을 가

210

진 사람으로 죄를 지어 실족하는 수가 있다. 그러나 이 실족은 낙심하지 말고 믿음의 길을 계속 정진하라는 것이다.

### ☀ 두려워하거나 망설이지 않는다

"성령도 우리의 연약함을 도우시나니 우리는 마땅히 기도할 바를 모르나 오직 성령이 말할 수 없는 탄식으로 우리를 위하여 친히 간구하시느니라"(롬 8:26)

하나님의 나라 백성은 두렵고 망설일 때 성령님이 우리를 인도하여 주시니 두려워하거나 망설이지 않는다.

### ☀ 하나님의 나라 백성이 죽으면 신령한 모습으로 변화된다

동서양에서 사람은 영과 육으로 되어 있어 죽으면 혼비백산(魂飛魄散)하여 영은 공중에 떠돌고 육은 흙으로 돌아간다고 하였으나, 이는 사람의 뛰어난 명상이나 해탈로는 더 이상은 모르기 때문이었으나, 하나님의 나라 백성은 삶에서 죽음으로 이어지는 순간 신령한 모습으로 변화된다.

주님 재림하시기 전에 죽으면 영과 육은 하나의 전인적 인격(全人的 人格) 그대로 하나님의 다스리심 속에서 심판의 날까지 잠을 자고 있을 것이고, 주님 재림하실 때까지 살아있는 백성은 살아있는 모습 그대로, 잠자고 있는 백성과 함께 심판에 출석할 것이다.

"나는 부활이요 생명이니 나를 믿는 자는 죽어도 살겠고 무릇 살아서 믿는 자는 영원히 죽지 아니 하리니"(요 11:25~26)

"내가(사도 바울) 확신하노니 사망이나 다른 어떤 피조물이라도 우리를 우리 주 그리스도 예수 안에 있는 하나님의 사랑에서 끊을 수 없으리라"(롬 8:38~39)

"이를(우리가 주의 것임을) 위하여 그리스도께서 죽으셨다가

다시 살아나셨으니 곧 죽은 자와 산 자의 주가 되려 하심이라"(롬 14:9)

"죽은 자의 부활도 그와 같으니 썩을 것으로 심고 썩지 않을 것으로 다시 살아나며"(고전 15:42)

"육의 몸으로 심고 신령한 몸으로 다시 살아나니 육의 몸이 있은즉 또 영의 몸도 있느니라"(고전 15:44)

"나팔소리가 나매 죽은 자들이 썩지 아니 할 것으로 다시 살아나고 우리도 변화되리라 이 썩을 것이 반드시 썩지 아니 할 것을 입겠고 이 죽을 것이 죽지 아니 함을 입으리로다"(고전 15:52~53)

### 마. 하나님의 나라 비유

❋ **말씀을 좋은 마음으로 받아들임과 같다**

"씨를 뿌리는 자가 나가서 뿌릴새 더러는 길가에 떨어지매 새들이 와서 먹어버렸고, 더러는 돌밭에 떨어지매 흙이 깊지 아니하므로 곧 싹이 나오나 해가 돋은 후에 타서 뿌리가 없으므로 말랐고, 더러는 가시떨기 위에 떨어지매 가시가 자라서 기운을 막았고, 더러는 좋은 땅에 떨어지매 어떤 것은 백 배, 어떤 것은 육십 배, 어떤 것은 삼십 배의 결실을 하였느니라"(마 13:3~8)

사람이 말씀을 잘 알아 듣고 차분하게 믿는 좋은 마음을 가진 자는 들은 말씀의 백 배, 육십 배, 삼십 배의 굳건한 믿음을 얻으니, 말씀을 정중하게 듣고 깊이 생각하여 바르게 깨달아 굳게 믿어 하나님의 나라 백성이 되라고 일러주신 것으로 생각한다.

❋ **가라지와 함께 자라고 있다**

"천국은 좋은 씨를 제 밭에 뿌린 사람과 같으니 사람들이 잘 때에 원수가 와서 곡식 가운데 가라지를 덧뿌리고 갔더니 싹이 나고 결실할 때에 가라지도 보이거늘 집 주인의 종들이 와서 말하되 주여 밭에 좋은 씨를 뿌리지 아니 하였나이까 그런데 가라지가 어디서 생겼나이까 주인이 이르되 원수가 이렇게 하였구나 종들이 말하되 그러면 우리가 가서 이것을 뽑기를 원하시나이까 주인이 이르되 가만두라 가라지를 뽑다가 곡식까지 뽑을까 염려하노라 둘 다 추수 때까지 함께 자라게 두라 추수 때에 추수꾼들에게 말하기를 가라지는 먼저 거두어 불사르게 단으로 묶고 곡식은 모아 내 곡간에 넣으라 하리라"(마 13:24~30)

마음에 하나님의 나라가 임한 사람들이 모여, 가정에, 선교회에, 교회에 하나님의 나라가 이루어졌다 하여도, 사람들이 모르는 사이에 사탄이 가라지를 뿌려 자라고 있으며, 이것을 알고 계신 하나님은 심판의 날까지 뽑아버리지 않으시는 것은 그렇지 아니 한 성도가 상처 입을까 염려되어 그대로 두는 것이라는 놀랍고 무서운 말씀이로다.

### ✺ 자라서 큰 나무가 된다

"천국은 마치 사람이 자기 밭에 갖다 심은 겨자씨 한 알 같으니 이는 모든 씨보다 작은 것이로되 자란 후에는 풀보다 커서 나무가 되매 공중의 새들이 와서 그 가지에 깃들이느니라"(마 13:31~32 막 4:31~32)

### ✺ 누룩과 같이 부풀게 한다

"천국은 마치 여자가 가루 서 말 속에 갖다 넣어 전부 부풀게 한 누룩과 같으니라"(마 13:33 눅 13:21)

### ✺ 밭에 감추인 보화를 발견함과 같다

"천국은 마치 밭에 감추인 보화와 같으니 사람이 이를 발견한

후 숨겨두고 기뻐하며 돌아가서 자기의 소유를 다 팔아 그 밭을 사느니라"(마 13:44)

하나님의 나라가 이렇게 기쁘고 즐거움을 알고 나면 모든 것이 아깝지 않다는 뜻이다.

❋ 극히 값진 진주를 발견함과 같다

"천국은 마치 좋은 진주를 구하는 장사와 같으니라 극히 값진 진주 하나를 발견하매 가서 자기 소유를 팔아 그 진주를 사느니라"(마 13:45~46)

❋ 물고기를 모는 그물과 같다

"천국은 마치 바다에 치고 각종 물고기를 모는 그물과 같으니 그물에 가득하매 물가로 끌어내고 앉아서 좋은 것은 그릇에 담고 못된 것은 내버리느니라"(마 13:47~48)

이것은 하나님의 나라 끝에 예수님 재림하셔 심판하실 때의 모습이다.

❋ 뿌린 씨가 자라남 같다

"하나님의 나라는 사람이 씨를 땅에 뿌림과 같으니 그가 밤낮 자고 깨고 하는 중에 씨가 나서 자라되 어떻게 그리 되는지 알지 못하느니라"(막 4:26)

하나님의 나라가 이루어지고 있는 모습을 사람은 모른다는 것이다.

"나 이제 주님의 새 생명 얻은 몸"(찬송가 436장)

이 찬송 가사는 하나님의 나라를 잘 표현하였도다.

## 3. 하늘나라(Kingdom of Heaven)

하늘나라는 하늘에 있는 하나님이 다스리는 나라이다. 하늘이
라 하면 세 가지 하늘이 있는데, 첫째 하늘은 새와 비행기가 날라
다니고 구름이 비를 내리는 대기권을 가리키는 하늘(sky), 둘째
하늘은 해와 달과 별이 있고 인공위성이 돌고 있는 공간을 가리
키는 하늘(space), 그리고 셋째 하늘(天國, 樂園, Heaven)은 하나
님이 계신 하늘나라이다.

"내가 그리스도 안에 있는 한 사람을 아노니 그는 14년 전에 셋
째 하늘에 이끌려 간 자라(그가 몸 안에 있었는지 몸 밖에 있었는
지 나는 모르거니와 하나님은 아시느니라)" (고후 12:2)

사도바울은 직접 경험한 것을 이렇게 표현한 것이다.

하늘나라는 하나님의 나라 백성이 예수님을 닮아가는 삶 속에
변화되어(聖化) 최후심판에서 밑이 없는 구덩이로 떨어지는 형벌
을 받지 아니 한 자와 특별히 하나님과 동행하거나 예수님이 선
택한 사람이 들어가는 나라이고, 하나님께서 직접 통치하시는 나
라이다.

"주의 종(솔로몬)과 주의 백성 이스라엘이 이곳을 향하여 기도
할 때에 주는 그 간구를 들으시되 주께서 계신 곳 하늘에서 들으
시고 들으시사 사(赦)하여 주옵소서" (왕상 8:30)

"썩지 않고 더럽지 않고 쇠하지 아니 하는 유업을 잇게 하시나
니 곧 너희를 위하여 하늘에 간직하신 것이라" (벧전 1:4)

"여호와께서는 그의 성전에 계시고 여호와의 보좌는 하늘에 있
음이여" (시11:4)

"내 아버지 집에 거할 곳이 많도다 그렇지 않으면 너희에게 일

렸으리라 내가 너희를 위하여 거처를 예비하러 가오니 가서 너희
를 위하여 거처를 예비하면 내가 다시 와서 너희를 내게로 영접
하여 나 있는 곳에 너희도 있게 하리라"(요 14:2~3)

"만일 땅에 있는 우리의 장막 집이 무너지면 하나님께서 지으
신 집 곧 손으로 지으신 것이 아니요 하늘에 있는 영원한 집이 우
리에게 있는 줄 아느니라"(고후 5:1)

가. 하늘나라에 대한 여러 가지 표현

하늘나라를 하나님나라, 내 아버지의 나라, 의인들의 아버지의
나라, 내 나라 등으로 기록한 곳도 있다
　※ 하나님나라
"내가 포도나무에서 난 것을 하나님나라에서 새것으로 마시는
날까지 다시 마시지 아니 하리라"(막 14:25)
　※ 내 아버지의 나라
"내가 포도나무에서 난 것을 이제부터 내 아버지의 나라에서
새 것으로 너희와 함께 마시는 날까지 마시지 아니 하리라"(마
26:29)
　※ 의인들의 아버지의 나라
"그때에 의인들은 자기 아버지의 나라에서 해와 같이 빛나리
라"(마 13:43)
　※ 내 나라
"너희로 내 나라에 있어 내 상에서 먹고 마시며 또는 보좌에 앉
아 이스라엘 열두 지파를 다스리게 하려 하노라"(눅 22:30)
"이같이 하면(더욱 힘써 너희 부르심과 택하심을 굳게 하면) 우

리 주 곧 구주 예수 그리스도의 영원한 나라에 들어감을 넉넉히
너희에게 주시리라"(벧후 1:11)

### ☀ 낙원
"예수께서 이르시되 내가 진실로 네게 이르니 오늘 네(예수님
의 십자가 옆에 있는 강도)가 나와 함께 낙원에 있으리라"(눅
23:43)

"그(바울)가 낙원으로 이끌려가서 말로 표현할 수 없는 말을 들
었으니 사람이 가히 이르지 못할 말이로다"(고후 12:4)

### ☀ 하나님의 나라로 표현되어 있으나 하늘나라인 것
"내가 너희에게 이르노니 이 유월절(만찬)이 하나님의 나라에
서 이루기까지 다시 먹지 아니 하리라"(눅 22:16)

"내가 너희에게 이르노니 내가 이제부터 하나님의 나라가 임할
때까지 포도나무에서 난 것을 다시 마시지 아니 하리라"(눅 22:18)


## 나. 하늘나라에 들어가는 자

### ☀ 예수님의 말씀을 따르는 자
"예수께서 이르시되 내가 곧 길이요 진리요 생명이니 나로 말
미암지 아니 하고는 아버지께로 올 자가 없느니라"(요 14:6)

### ☀ 택하신 자
"그때에 인자의 징조가 하늘에서 보이겠고, 그때에 모든 족속
들이 통곡하며 그들이 인자가 구름을 타고 능력과 큰 영광으로
오는 것을 보리라. 그가 큰 나팔소리와 함께 천사들을 보내리니
그들이 그의 택하신 자들을 하늘 이 끝에서 저 끝까지 사방에서
모으리라"(마 24:30~31)

## ✴ 준비한 자

"그들(미련한 다섯 처녀)이 사러 간 사이에 신랑이 옴으로 준비하였던 자들(슬기로운 다섯 처녀)은 함께 혼인잔치에 들어가고 문은 닫힌지라"(마 25:10)

## ✴ 의를 위하여 박해를 받은 자

"의를 위하여 박해를 받은 자는 복이 있나니 천국이 그들의 것임이라"(마 5:10)

## ✴ 잠자지 않고 깨어있는 자

"우리가 다 잠잘 것이 아니요 마지막 나팔에 순식간에 홀연히 다 변화되리니 나팔소리가 나매 죽은 자들이 썩지 아니 할 것으로 다시 살아나고 우리도 변화되리라"(고전 15:51~52)

## ✴ 이기는 자

"이기는 그에게는 내가 하나님의 낙원에 있는 생명나무의 열매를 주어 먹게 하리라"(계 2:7)

"이기는 자는 둘째 사망의 해를 받지 아니 하리라"(계 2:11)

## ✴ 이름이 하늘에 기록된 자

"그러나 귀신들이 너희에게 항복하는 것으로 기뻐하지 말고 너희 이름이 하늘에 기록된 것으로 기뻐하라 하시니라"(눅 10:20)

## ✴ 부르심과 택하심을 굳게 한 자

"그러므로 형제들아 더욱 힘써 너희 부르심과 택하심을 굳게 하라 너희가 이것을 행한즉 언제든지 실족하지 아니 하리라 이같이 하면 우리 주 곧 구주 예수 그리스도의 영원한 나라에 들어감을 넉넉히 너희에게 주시리라"(벧후 1:10~11)

## ✴ 순종하는 자

"자기 두루마기를 빠는 자들은 복이 있으니 이는 그들이 생명

218

나무에 나아가며 문들을 통하여 성에 들어갈 권세를 받으려 함이
로다"(계 22:14)

✺ 거룩한 자(세상 사람과 구별되게 옳게 행한 자)

"그에게 빛나고 깨끗한 세마포 옷을 입도록 허락하셨으니 이
세마포 옷은 성도들의 옳은 행실이로다"(계19:8)

## 다. 하늘나라 백성

✺ 하늘나라를 간절히 사모한다

"참으로 우리가 여기 있어 탄식하며 하늘로부터 오는 우리 처
소로 덧입기를 간절히 사모하노라"(고후 5:2)

✺ 보물을 하늘나라에 둔다

"너희 소유를 팔아 구제하여 낡아지지 아니 하는 배낭을 만들
라 곧 하늘에 둔 바 다함이 없는 보물이니 거기는 도둑도 가까이
하는 일이 없고 좀도 먹는 일이 없느니라"(눅 12:33)

## 라. 하늘나라의 특성

✺ 안식함

"하늘에서 음성이 나서 이르되 기록하라 지금 이후로 주 안에
서 죽는 자들은 복이 있도다 하시며 성령이 이르시되 그러하다
그들(하나님의 계명과 예수에 대한 믿음을 지키는 자들)이 수고
를 그치고 쉬리니 이는 그들의 행한 일이 따름이라 하시더라"(계
14:13)

### ☀ 위로 받음

"아브라함이 이르되 얘 너는 살았을 때에 좋은 것을 받았고 나사로는 고난을 받았으니 이것을 기억하라 이제 그는 여기서 위로를 받고 너는 괴로움을 받느니라"(눅 16:25)

### ☀ 하나님을 섬김

"그들(흰옷 입은 큰 무리)이 하나님 보좌 앞에 있고, 또 그의 성전에서 밤낮 하나님을 섬기매 보좌에 앉으신 이가 그들 위에 장막을 치시리니 그들이 다시는 주리지도 아니 하며 목마르지도 아니 하고 해(태양)나 아무 뜨거운 기운에 상하지도 아니 하리니 이는 보좌 가운데 계신 어린 양이 그들의 목자가 되사 생명수 샘으로 인도하시고 하나님께서 그들의 눈에서 모든 눈물을 씻기어 주실 것임이라"(계 7:15~17)

### ☀ 큰상을 받음

"나로 말미암아 너희를 욕하고 박해하고 거짓으로 너희를 거슬려 모든 악한 말을 할 때에는 너희에게 복이 있나니 기뻐하고 즐거워하라 하늘에서 너희 상이 큼이라"(마 5:11~12)

### ☀ 예비된 나라를 상속받음

"양은 그 오른편에 염소는 왼편에 두리라 그때에 임금이 그 오른편에 있는 자들에게 이르시되 내 아버지께 복 받을 자들이여 나아와 창세로부터 너희를 위하여 예비된 나라를 상속받으라"(마 25:33~34)

### ☀ 영광을 받음

"자녀이면 또한 상속자 곧 하나님의 상속자요 그리스도와 함께 한 상속자니 우리가 그와 함께 영광을 받기 위하여 고난도 함께 받아야 할 것이니라. 생각하건대 현재의 고난은 장차 우리에게

나타날 영광과 비교 할 수 없도다"(롬 8:17~18)

**✳ 혼인하지 않음**

"저 세상과 및 죽은 자 가운데서 부활함을 얻기에 합당히 여김을 받은 자들은 장가 가고 시집 가는 일이 없으며"(눅 20:35)

"부활 때에는 장가도 아니 가고 시집도 아니 가고 하늘에 있는 천사들과 같으니라"(마 22:30)

**✳ 다시 죽지 않음**

"그들(부활하기에 합당하다고 여김을 받은 자들)은 다시 죽을 수도 없나니 이는 천사와 동등이요 부활의 자녀로서 하나님의 자녀임이라"(눅 20:36)

**✳ 눈물, 사망, 애통, 곡하는 것, 아픔이 없음**

"모든 눈물을 그(하나님의 자녀) 눈에서 닦아주시니 다시는 사망이 없고 애통하는 것이나 곡하는 것이나 아픈 것이 다시 있지 아니 하리니 처음 것들이 다 지나갔음이러라"(계 21:4)

**✳ 저주가 없음**

"다시 저주가 없으며 하나님과 그 어린 양의 보좌가 그 가운데에 있으리니 그의 종들이 그를 섬기며"(계 22:3)

**✳ 밤이 없음**

"다시 밤이 없겠고 등불과 햇빛이 쓸데없으니 이는 주 하나님이 그들에게 비치심이라 그들이 세세토록 왕노릇 하리라"(계 22:5)

**✳ 영원함**

"그러므로 형제들아 더욱 힘써 너희 부르심과 택하심을 굳게 하라 너희가 이것을 행한즉 언제든지 실족하지 아니 하리라 이같이 하면 우리 주 곧 구주 예수 그리스도의 영원한 나라에 들어감

을 넉넉히 너희에게 주시리라"(벧후 1:10~11)

**✹ 의(義)가 있는 곳**

"우리는 그의 약속대로 의가 있는 곳인 새 하늘과 새 땅을 바라
보도다"(벧후 3:13)

## 마. 하늘나라 비유

**✹ 청함을 받은 자는 많되 택함을 입은 자는 적다**

"천국은 마치 자기 아들을 위하여 혼인잔치를 베푼 어떤 임금
과 같으니, 혼인잔치는 준비되었으나 청한 사람들은 합당하지 않
으니, 종들이 길에 나가 악한 자나 선한 자나 만나는 대로 모두 데
려오니, 청함을 받은 자는 많되 택함을 입은 자는 적으니라"(마
22:2~14 요약)

**✹ 준비하고 깨어있는 자가 들어간다**

"천국은 마치 등을 들고 신랑을 맞으러 나간 열 처녀와 같다 하
리니, 미련한 자들은 등을 가지되 기름을 가지지 아니 하고 슬기
있는 자들은 그릇에 기름을 담아 등과 함께 가져갔더니, 밤중에
소리가 나되 보라 신랑이로다 맞으러 나오라 하매, 그들이 사러
간 사이에 신랑이 오므로 준비하였던 자들은 함께 혼인잔치에 들
어가고 문은 닫힌 지라, 그런즉 깨어있으라 너희는 그날과 그때
를 알지 못하느니라"(마 25:1~13 요약)

**✹ 착하고 충성된 종이 들어간다**

"어떤 사람이 타국에 갈 때 그 종들을 불러 자기 소유를 맡김과
같으니, 다섯 달란트 받았던 자는 다섯 달란트를 더 가지고 와서,
내가 또 다섯 달란트를 남겼나이다, 그 주인이 이르되 잘 하였도

222

다 착하고 충성된 종아 네가 적은 일에 충성하였으매 내가 많은 것을 네게 맡기리니 네 주인의 즐거움에 참여할지어다"(마 25:14 ~21 요약)

## 바. 하늘나라에 계신 분

### ☀ 하나님
"주의 종과 주의 백성 이스라엘이 이곳을 향하여 기도할 때에 주는 그 간구함을 들으시되 주께서 계신 곳 하늘에서 들으시고 들으시사 사하여 주옵소서"(왕상 8:30)

"여호와께서 그의 성전에 계시고 여호와의 보좌는 하늘에 있음이여"(시 11:4)

### ☀ 그리스도
"그리스도께서는 참 것의 그림자인 손으로 만든 성소에 들어가지 아니 하시고 바로 그 하늘에 들어가사 이제 우리를 위하여 하나님 앞에 나타나시고"(히 9:24)

"주 예수께서 말씀을 마치신 후에 하늘로 올려지사 하나님 우편에 앉으시니라"(막 16:19)

### ☀ 성령
"내가 주의 영을 떠나 어디로 가며 주의 앞에서 어디로 피하리까 내가 하늘에 올라갈지라도 거기 계시며"(시 139:7~8)

### ☀ 천사
"삼가 이 작은 자 중에 하나라도 업신여기지 말라 너희에게 말하노니 그들의 천사들이 하늘에서 하늘에 계신 내 아버지의 얼굴을 항상 뵈옵느니라"(마 18:10)

223

**☀ 에녹**

"에녹이 하나님과 동행하더니 하나님이 그를 데려가심으로 세상에 있지 아니 하였더라"(창 5:24)

**☀ 아브라함, 이삭, 야곱**

하나님께서 모세에게 이르시되 "나는 네 조상의 하나님이니 아브라함의 하나님, 이삭의 하나님, 야곱의 하나님이니라"(출 3:6)

예수님께서 "하나님은 죽은 자의 하나님이 아니요 살아있는 자의 하나님이시라"(마 22:32)

예수님께서 "또 너희에게 이르노니 동서로부터 많은 사람이 이르러 아브라함과 이삭과 야곱과 함께 천국에 앉으려니와"(마 8:11)

이는 아브라함, 이삭, 야곱이 하늘나라에 살아있음을 의미하는 것이며 더 나아가 아브라함의 믿음을 따르는 자들도 하늘나라에 간다는 것을 깨닫게 하여 주시는 복된 말씀이로다"(롬 4:12,16 참조)

**☀ 엘리야**

"두 사람(엘리야와 엘리사)이 길을 가며 말하더니 불수레와 불말들이 두 사람을 갈라놓고 엘리야가 회오리바람으로 하늘로 올라가더라"(왕하 2:11)

**☀ 예수님의 십자가 옆에 있던 강도**

"예수께서 이르시되 내가 진실로 네게 이르니 오늘 네가 나와 함께 낙원에 있으리라 하시니라"(눅 23:43)

이 강도는 생전에 지은 죄를 인정하고 벌받음을 마땅히 여기며 다시는 죄짓기를 거듭하지 아니 하리라 굳게 결단하고 마음으로 내세를 바라보며 조심스럽게 주님께서 기억이나 하여 주시기를 바랐던 것이다.

"구주 예수 그리스도"(찬송가 234장) 하늘나라를 잘 표현하였도
다

## 4. 결론

### 가. 하나님의 나라

사랑의 하나님께서는 사람들이 멸망의 길로 가고 있음을 긍휼
히 여기시고 사랑으로 깨우쳐 영생의 길을 가도록 계획한 바를
예언자들을 통하여 꿈으로, 환상으로 알려주었으나, 이것을 사람
들은 듣지 않았다

결국 하나님이 가장 사랑하는 아들을 사람의 몸을 입혀 사람에
게 보내어 구원하시려고 특별한 임무를 맡기시니, 아들은 그 뜻
을 받들어 사람에게 오서, 벗어난 길에서 회개하고 돌아오는 사
람의 마음 속에 하나님의 나라를 여시려고 짧은 공생애 동안 선
포하시다가 사람들의 손에 잡혀 십자가에 돌아가셨고 사흘 만에
부활하셨다.

예수님의 죽으심이 우리의 죄를 대신하신 것임을 믿고 따르는
자는 누구나 하나님의 나라 백성이 된다.

예수님을 직접 보고 그 말씀을 직접들은 사람들뿐만 아니라,
직접 보고 들은 제자들과 그 말씀을 전하여 준 사도들의 기록을
읽고 예수님은 구원하시는 분이심을 믿었던 사람들은 하나님의
나라 백성으로 잠자고 있으며, 제자들과 사도들의 기록을 지금
읽으며 성령님의 도우심으로 예수 그리스도는 우리를 구원하시

225

는 분임을 믿어 하나님의 나라 백성이 되어 날마다 예수님을 바라보며 살아가노라면, 예수님을 점점 닮아져 가며 살게 된다.

살다가 부르시면 먼저 잠자는 성도들과 같이 변화될 모습으로 잠자게 된다. 예수님의 공생애로 시작된 하나님의 나라는 예수님의 재림으로 끝나게 된다.

이렇게 살아서 하나님의 나라를 체험하며, 예수님을 닮아가면서 더 좋은 하늘나라를 바라보며 기쁘고 즐겁게 살아가게 하여 주심을 생각할 때에, 마치 시집갈 신부가 귀한 신랑을 연모하는 심정으로 감사하며 찬양하게 되니 은혜 중에 은혜로다.

나. 하늘나라

주님 재림하시어 하나님의 나라 백성으로 잠자는 자나, 살아 있는 자들을 심판하실 때에 멸망의 구덩이에 던져지는 벌을 받지 아니 하는 사람은 하늘나라 백성이 되어 영원한 복락을 누리며 살아갈 것이다.

사랑하는 형제 자매님들이여!

지금 하나님의 나라를 체험하면서 하나님의 나라의 완성인 하늘나라를 소망하며 살아가는데 유익한 글이 되었으면 하는 마음으로, 조심스럽게 정리하여 본 것입니다.

"여기에 모인 우리"(찬송가 620장)

하늘나라를 소망하며 살고 있는 우리의 심정을 잘 표현한 가사로다

226

송홍만 제19시집

# 그렇게 그렇게 이렇게 이렇게

지은이 / 송홍만
발행인 / 김재엽
발행처 / **한누리미디어**
디자인 / 지선숙

•

121-840, 서울시 마포구 잔다리로 35, 2층(서교동, 서운빌딩)
전화 / (02)379-4514, 379-4519
Fax / (02)379-4516
E-mail/hannury2003@hanmail.net

•

신고번호 / 제300-2006-61호
등록일 / 1993. 11. 4

•

초판발행일 / 2015년 12월 5일

•

ⓒ 2015 송홍만 Printed in KOREA

•

값 10,000원

•

※잘못된 책은 바꿔드립니다.
※저자와의 협약으로 인지는 생략합니다.

ISBN 978-89-7969-703-2  03810